Cali

Bruno Caliciuri, alias Cali, est un musicien et écrivain français. Auteur-compositeur et interprète à succés, sa discographie compte 9 albums studio à ce jour dont 6 disques d'or et 3 disques de platine. Véritable showman aux concerts vibrants d'énergie humaniste, il a rempli les zéniths et a parcouru les plus grands festivals d'été en France, Suisse, Belgique et Canada. Artiste prolifique et adorant se mettre en danger, Cali est également comédien de théâtre (*Cowboy Mouth* en 2014) et acteur de cinéma sous la direction des réalisateurs Philippe Muyl ou Jean-Pierre Mocky. Après *Rage*, livre d'entretien avec Didier Varrod (Plon, 2009), il a publié en 2018 aux éditions du cherche midi un premier roman salué par la critique, *Seuls les enfants savent aimer*, suivi de *Cavale ça veut dire s'échapper* en 2019.

CALI

CAVALE ÇA VEUT DIRE S'ÉCHAPPER

cherche midi

ISBN : 978-2-266-29967-1
Dépôt légal : mars 2020

pour Caroline, Milo-James,
Coco, Poppée et Misha

à Julie Pambrun
à Joe Strummer

« Et puis j'ai demandé avec mes yeux qu'il me demande encore oui et puis il m'a demandé si je voulais oui dire oui ma fleur de la montagne et d'abord je l'ai entouré de mes bras oui et je l'ai attiré tout contre moi comme ça il pouvait sentir tout mes seins mon odeur oui et son cœur battait comme un fou et oui j'ai dit oui je veux Oui. »

James Joyce

« La prochaine seconde n'a jamais été vécue par personne. »

Joe Strummer

Il disait que son odeur préférée c'était l'odeur des filles. Il n'en finissait pas d'agiter ses doigts comme fraîchement sortis d'une embuscade, avec l'impression d'un fauve dans le tranchant de la main. Et on le badait tous, on l'écoutait comme un vieux sage. Et il prenait cette respiration de putois ou de sauvage des pentes perdues et il sentait ses doigts fourrés comme ça. Mmm que ça faisait l'odeur. Une fille, l'odeur d'une fille.

Moi je savais que rien. Rien, vraiment rien. Et pourquoi je le savais ? Parce que j'étais son meilleur ami. Parce que tout on se disait. Sans mentir. Mentir à son meilleur ami c'est moche, c'est comme lancer le couteau dans le dos ou ce que vous voudrez, je m'en fiche.

Ça me tue de devoir expliquer ça.

On s'aimait. Et puis le reste. C'est moi le premier de la bande qui ai fait la chose.

Je dis pas ça pour faire le malin, je dis ça parce que c'est vrai. J'y étais. Et tous les autres pourront raconter n'importe quoi, j'étais là, grand Bruno de seize ans, et la vie qui éclate.

Je voulais me péter la voix. La raboter. La salir, la punir. Comme Joe Strummer, le chanteur des Clash. Joe Strummer, celui qui attrape l'éternité avec les yeux. Oui, je voulais sa voix, oui, comme un bordel de talisman. Je voulais me plonger tout entier dans l'acide et m'arracher la peau, c'était ça.

Je pouvais hurler des heures comme un cochon saignant. Vous savez le cri d'un cochon quand on l'égorge. Hui ! Hui !

Parfois, papa passait la tête dans ma chambre pour voir si tout allait bien. Souvent, j'arrivais à la répète la voix défoncée, tuméfiée. Comme si j'avais percuté des chants de dynamite. La voix qui déraille en tous sens. Des pneus qui vertigent dans la neige. C'était cool. C'était ça le cool.

Le poster de Joe sur mon mur au-dessus du lit. Elle était là la clef. La réponse.

Bordel, regarde les pupilles de Joe Strummer ! Ni trop haut, ni trop bas. Il fixe quelque chose là-bas, en face. Je ne sais quoi de libre ou de faramineux, lui qui sait. Lui et Dieu. Dieu sauvage des pentes perdues. C'est ça la clef.

Le soir, à la maison, quand les autres, mon frère, mes sœurs me laissaient la salle de bains, seul face au miroir, j'essayais de trouver ce bordel de talisman. Ce regard de héros.

Ni trop haut, ni trop bas. Juste là, planté au milieu du monde. Al Pacino faisait ça dans *Scarface*, mais c'était qu'un jeu. Un jeu d'acteur. Al Pacino est un putain d'acteur mais c'est pas la vraie vie.

Son truc ? Moi je le sais son truc. Si tu regardes bien, il fixe toujours sous l'œil de la caméra. Il te regarde pas en face, Al. Il regarde en toi. Et c'est ça qui fascine et te crame. Il fait peur parce qu'on devine de suite qu'il a un coup d'avance. Joe, c'est pas ça. Joe, c'est pas ça du tout. Lui, c'est pour de vrai, comme toi, moi, la vie ! Joe ne triche pas. Alec il disait que Johnny Rotten, le chanteur des Sex Pistols, il regarde mieux. C'est quoi regarder mieux ?

Johnny Rotten les yeux comme deux phares ouverts à pleine vitesse, parce qu'il sait qu'on l'observe. Je suis sûr que c'est ça. Quand le photographe disparaît, tu vois ses yeux s'enfoncer en fumée de pschitt ! Fini !

Et puis Johnny Rotten est un serpent. Tu as le dos tourné qu'il te pique ta copine. Sûr il est comme ça Johnny Rotten. Joe ne ferait jamais ça, pour l'amour des pentes sauvages.

Et bien sûr que ta copine se serait embrouillée avec toi, mais Joe serait là parce que Joe est ton meilleur ami. Et elle viendrait le retrouver pour tout lui dire, justement parce que c'est ton meilleur ami. Tu piges ? Tu piges quoi ?

Et elle poserait sa tête sur son épaule et encore mieux. Et tu sais quoi ? Joe, jamais il profiterait de la situation. Il lui montrerait pas la lune assis contre un arbre en lui racontant la poésie et tout ça. Tu sais, celle qui trempe les filles comme une glace à la fraise. La préférée des filles. Tu parles.

Joe lui dirait de pas déconner à ta copine. Lui dirait que t'es un chic type et qu'elle devrait comprendre ce qui se passe dans une tête de paumé comme toi avec tout ça qui irrigue.

Et puis Joe, il traînerait pas longtemps par là. Il lui laisserait même pas poser sa tête sur l'épaule. Joe se lèverait, shooterait dans une cannette vide en secouant la tête comme s'il allait allumer le vent en barbecue, mais il le ferait pas et il viendrait te rejoindre au bar ou en enfer.

Parce que Joe est ton meilleur ami, pas un ventre mou de tricheur.

Joe il voit derrière la montagne. Joe c'est le berger du Levant, Joe il va nous emmener loin, très loin avec lui. Je suis sûr que quand t'auras cinquante ans et quand je serai vieux, avec des enfants et tout le bordel, eh bien Joe il en sera encore à allumer le paysage.

On parlait tout le temps de ça. Les conversations tournaient toujours autour du même sujet : les filles. On racontait à n'en plus finir de vérité, ces choses qu'on aurait faites ou pas. Mais personne n'avait vraiment encore rien fait.

En tout cas, c'était clair. Personne de la bande n'avait couché. Fernand nous avait rapporté cette histoire de ce môme de onze ans qui l'avait fait avec sa professeure. Ça nous avait tués.

On avait quinze ans quand même. Et rien, toujours rien qui venait. D'accord, nous étions des petits bras. Sur l'échelle de l'éternité, on en était encore qu'au début, mais quand même !

Les filles disaient que j'avais une peau de bébé, la peau de l'ange, enfin celles qui avaient touché.

Y avait cette fille, Murielle, qui avait même dit que le bout de mes doigts était tellement lisse que j'avais pas dû en porter des briques dans ma vie. Qu'est-ce que j'en ai à faire des briques à porter ? Et qu'est-ce qu'elle en savait de ma douleur ?

Ma peau de bébé, j'en avais fait de l'art. Sur le bout de mes doigts. Quand je glissais ma main dans le dos d'une fille, ou si je passais mes doigts sur son poignet, ça provoquait de l'irrésistible, tout de suite.

Fallait pas appuyer trop fort, non, juste poser le doigt comme un aéroglisseur sur la ligne de l'eau. Un coussin d'air. Ça manquait pas. La fille avait les petits picots du frisson et moi aussi d'ailleurs. C'était sûr comme un volcan. Quand je chauffais ma main dans le dos, sous le pull et sous le tee-shirt, ça réveillait. Quelques zigzags comme ça du bout des doigts de feu. Je remontais et redescendais. Et quand mes doigts passaient tout en bas, je m'attardais, pour montrer que je resterais bien un peu plus. Et puis je remontais encore pour finir le boulot. Le coup de grâce. Faire languir, un peu, et achever la môme par une dernière et véritable descente dans la poudreuse.

Grand soleil, neige fraîche, j'allumais les premières traces du jour. Après ça, je pouvais m'aventurer à souffler dans le cou. C'était quitte ou double. Souvent, la fille se redressait, se rajustait, remettait son chemisier en place en tirant dessus et elle jetait ce regard de fille terrible qui vous chasse hors de la propriété. Et parfois, elle disait même : « Arrête là ! » Comme ça, tout net. Et il valait mieux trouver le mot juste, la bêtise éternelle pour la faire sourire un peu. Parce que si on disait rien, c'est là qu'on pouvait vraiment passer pour un nul, un planteux. Si on disait rien et que la fille se levait et s'en allait, alors là oui, on en serait vraiment un. Et ça irait vite après.

Les autres pourraient se foutre de votre gueule jusqu'au soir. Alec, c'était le meilleur, sûr. Quand on le voyait partir avec une fille, on pouvait se dire que ça y était. Son obsession, quand on se retrouvait, était de nous faire sentir ses doigts. Ça sentait la fille. Vraiment, une odeur de fille comme du savon au poivre.

Alors, il nous regardait, ses doigts encore bouillants, y avait pas à l'ouvrir. On savait qu'il était de loin le meilleur.

Quand j'avais fini les descentes de ski dans le dos, je passais à l'étape d'après. Je soufflais un peu plus dans le cou de la fille, mais pas comme un bœuf assoiffé, non, plutôt comme un demi-téméraire. Le souffle de l'ange. La fille, ça la rassurait, elle se disait qu'on était pas un habitué et qu'elle serait peut-être la première. Et en même temps, elle se disait qu'on était plutôt doué. Fallait pas qu'elle croie qu'on avait fait ça toute notre vie. Surtout pas. C'est là que le piège se refermait. Si on était pas trop pressé, ça passerait. Mon arme c'était le bout de ma langue. Juste le bout de la langue !

Faut pas croire, j'ai une langue énorme. Les autres disaient qu'elle ressemblait à un steak de langue. Non. Avec le bout de la langue, je cherchais l'oreille pour aller me cacher derrière le lobe. Après, j'attendais. Fallait être patient. L'ange encore, jusqu'à l'essentiel : prendre le temps d'observer des yeux de fille. Si les paupières se fermaient, c'était presque gagné. Les phares grands ouverts, droits devant, valait mieux arrêter. Et alors, il fallait baragouiner quelque chose, une bêtise encore, le plus vite possible pour la faire rire. Mais quand on avait passé la dernière étape, on pouvait tranquillement sucer le lobe, comme une réglisse. Ou une cerise en gélatine.

Quand la vieille Demateis, la boulangère, avait le dos tourné, c'est là qu'on s'en mettait plein les fouilles. Les grands, Bubu, Rémy, eux, étaient de vrais pros. Des cinglés surtout. La pauvre boulangère n'y voyait que du feu. Elle se faisait avoir à chaque coup. Bien ficelé leur truc. Bubu à l'anorak bleu. Son anorak bleu cousu par sa mère Arlette, avec une double poche au niveau du ventre. L'illusion impeccable. Bien sûr, Arlette n'aurait jamais fait ça, si elle avait su. Il lui avait dit que c'était pour pouvoir transporter leur chat tout en faisant du vélo. Tu parles. Rémy faisait diversion. Il demandait à la vieille un litre de lait bien au fond du magasin, bien caché. Ou des paquets de sucre sur les étagères. Quand elle avait le dos tourné, hop ! Il piquait pas un ou deux bonbons, il déversait le pot entier de fraises, de sucreries ou de cerises gélatine dans la double poche de l'anorak de Bubu. L'opération de trois secondes, pas plus.

Bubu refermait la double poche du chat, ahaha le chat… et ni vu ni connu, ils ressortaient de la boulange sans se presser, impassibles comme les fleuves, pour aller partager plus haut dans la rue du Nautilus chez Gandel le butin du hold-up. Des fous je te dis.

Le jeu, leur jeu aussi, consistait à voler la camionnette du père de Rémy, sa camionnette de travail, il était électricien son papa. L'été sur le boulevard du Cady, le grand boulevard qui plonge jusqu'en bas du village, y avait toujours ces curistes, des vieux, des vieilles, qui se promenaient. Ils profitaient du soleil, de l'air pur, du bout de leur vie qui risquait d'être courte. Écoute ça : les deux fous dévalaient le boulevard avec la camionnette depuis tout en haut de la rue, moteur éteint, doucement, sans bruit. Et quand ils arrivaient à hauteur d'une petite vieille, ils poussaient un cri, non un hurlement à scalper les dents. Terrifiant. Parce que ça vit encore une mâchoire de vieille, ça a peur. La pauvre vieille, si elle mourait pas, si elle tombait pas, elle serait anéantie pour ce qu'il lui restait à vivre. Des fous je te dis.

Le coup magnifique venait quand je me retrouvais à sucer l'oreille de la fille et que mes doigts couraient toujours fragilement dans son dos. C'était presque gagné. Après venait l'étape du soutien-gorge. J'étais pas le meilleur pour défaire un soutien-gorge. Parfois, je pensais au type qui avait inventé le système de fermeture. Et je me disais que j'aurais pas fait ça moi, je les aurais laissés déborder, à rebondir. Si la fille résistait un peu, c'était pas plus mal. Un cheval sauvage avec le torrent tout au fond. Il vous jetait à terre sans arrêt et à la fin du jour, il était à vous. Docile. On pouvait le monter à cru et rejoindre la tribu fièrement. Et là, les autres vous regardaient admiratifs. Et à ce moment, c'était pas Alec le meilleur. C'était moi. Et je me bénissais. Oh oui, je me bénissais.

Si tout allait trop vite, si la fille se laissait trop faire et tout et puis, c'était pas bon, voilà, comme un mauvais film où tu connais la fin dès le début. Bien que parfois, y a des films fantastiques, et on sait pourtant que le héros va gagner à la fin.

J'aime bien les films qui finissent bien, ça change de la vie. Mais fallait surtout pas le dire aux autres. Parce qu'ils vous prendraient pour une mauviette. Un planteux, j'ai dit. Non. Moi, quand j'expliquais aux autres qu'un film m'avait plu, je racontais toujours que c'était un film où ça dégainait, où ça viandait, et quand on croyait que le héros allait s'en sortir, eh bien, il s'en sortirait pas et il en prendrait. Il y resterait même. C'est ça qu'il fallait raconter aux autres.

Sauf quand je faisais l'ange et que je voulais jouer au romantique. Souvent elles aiment ça les romantiques, les filles. Ça se voit à leurs habits. Y avait cette Louise, une Anglaise, qui passait ses vacances dans notre village. Rien qu'à son nom, je me suis dit qu'elle était enfoncée dans le romantisme. Le romantisme anglais. La jupe bleue et le chemisier en dentelle blanche comme la douceur du lait avant de bouillir. Avec la lumière, en se postant un peu de côté, on pouvait voir son soutien-gorge blanc. Eh bien, ça m'avait refroidi. D'habitude, ça m'augmentait, mais là, je me suis dit que ce bout de plastique, j'aurais du mal à l'ouvrir. Une pensée de grand-mère en plein les opérations. Eh bien, je n'ai rien tenté. Et pourtant, elle avait de petites taches de rousseur, juste ce qu'il fallait de roux et de doux, et des cheveux très blonds nattés sur la tête comme une fragile ondine. Un cadeau pas encore ouvert. Jolie Louise.

Je lui ai parlé d'un film que j'avais même pas vu, *Autant en emporte le vent*, scotchée elle était. Ma sœur Gina me l'avait raconté. Je crois que le film dure pas loin de cinq heures. Jamais je regarderai un film de cinq heures. Gina m'avait raconté cette scène où la petite fille se tuait en tombant du poney offert par son père. J'ai lancé ça à ma belle Anglaise qui me regardait sidérée, béate, sucrée : on aurait dit qu'elle suçait mes mots comme un poulpe aspire le flux des vagues, ceux qu'elle comprenait.

Tout un après-midi, assis sur le banc, derrière la grille de la piscine, je lui parlai de cette histoire.

Le poney, la petite et le lait qui bouillait toujours pas. J'en rajoutais des montagnes, comme quoi le poney se serait réveillé le lendemain et qu'il aurait cherché sa petite cavalière adorée partout avec les yeux du désespoir et qu'il se serait jeté de la falaise avant même qu'on l'abatte.

J'aurais pu la cueillir. Je savais que j'étais à la hauteur. Elle me prenait pour un vrai romantique En plus, je m'efforçais de lui parler mi-anglais mi-français avec un accent de foutaise qui ajoutait au charme. Louise souriait, souriait ma Louise. Et puis, le coup de la grâce.

J'ai regardé devant les autres qui déconnaient et se poussaient à l'eau comme d'habitude. Notre jeu consistait à nous noyer. Le maître nageur s'en fichait ; il nous laissait faire. On aurait pu vraiment se noyer, l'aurait même pas vu. Sauf quand c'était le père de Jean-Mi qui remplaçait. Alors lui, c'était terrible. On pouvait rien faire. Toujours à nous poursuivre avec son sifflet de prêtre. Il était gentil le papa de Jean-Mi mais il faisait trop bien son boulot. J'ai baissé les yeux vers mon profond intérieur et j'ai murmuré oui, ça comme ça, oui : « Parfois, c'est pas beau la vie, c'est dégueulasse des enfants qui meurent comme ça alors qu'ils souriaient juste avant. C'est pas possible. »

Elle a à peu près compris, et ça l'a tuée. Louise m'a regardé et puis j'ai souri mais pas comme un doux cette fois. Le sourire large comme une meule. Le sourire de celui qui avait vu plein de films romantiques. Le type qui avait une tonne de poésie entassée chez lui. Un homme qui en valait la joie, et qui en avait sous la pédale je peux vous le dire. Alors je me suis levé, j'ai lancé un petit signe discret aux autres, en face, les autres qui nous scrutaient depuis le bassin. Ils suivaient les passes, voulaient tout savoir. J'ai fait le signe du vainqueur. Le petit signe discret du vainqueur, humble et magnifique.

« À ce soir peut-être Louise. Tu passeras sur la place ? Je le veux vraiment.

— Oui, oui s'il te plaît », elle m'a répondu.

Mon Dieu des pentes sauvages, cet accent à faire fondre.

« À ce soir », elle a rajouté.

Là, c'est moi qui marchais sur l'eau. Je suis sûr qu'elle m'a regardé m'éloigner. Peut-être même qu'elle atteignait mes fesses, petites et bien fermes, grâce au rugby. J'ai de trop grandes jambes et de trop grands pieds au bout, mais j'étais sûr que c'est pas ça qu'elle voyait. Elle voyait le seigneur du château et les promesses de l'aube. Elle voyait une relation comme au bout un soleil. On n'est pas toujours bon, mais là j'ai été un gars remarquable, remarqué de tous. Impossible de ne pas penser aux autres. Fallait pas qu'il y ait l'un ou l'autre de ces cons, Jean-Mi ou Alec, qui aillent lui parler après ça, à la môme Louise. Mon Dieu, non ! Qu'ils aillent pas fiche en l'air. Je lui ai fait répéter plusieurs fois, je ne savais pas vraiment d'où elle venait, ma princesse anglaise. Elle m'a noté sur un papier : « Louise, Dunstable, England. »

C'était l'été, c'était Vernet et c'était doux. Je crois que j'étais en train de passer du côté de l'amour.

Je préfère que tu chies par terre, je les crèverai tous.

Y a un truc que tu dois savoir, quand y a un type qui commence par y a un truc que tu dois savoir, c'est pas possible de continuer comme ça, c'est comme au temps pour moi, s'il te plaît, dis pas ça !

Mme Rajoy, la prof de sciences naturelles, elle aussi je la crèverai. Et pourtant, j'aurais bien eu envie de savoir pourquoi nous étions là, les cellules qui s'osmosent, le spermatozoïde qui survit et grimpe héroïque et va finir par trouver sa diablesse, et le bébé qui naît d'un rien. Franchement, ça me touchait.

Mais c'était pas possible.

Chaque deux phrases, Mme Rajoy se sentait obligée de balancer son ennui au monde entier. Au temps pour moi. Et moi l'ennui, je peux pas. Qu'est-ce que Joe Strummer en a à faire de l'ennui ?

Joe il dit, la prochaine seconde n'a jamais été vécue par personne. On s'ennuie jamais avec Joe.

Joe, il respire chaque seconde.

Il regarde la vie dans les yeux.

Il court Joe, personne ne l'arrêtera et même s'il se casse la gueule tout déchiré avec du sang et tout, il lâchera pas son regard Joe, droit devant.

Il va pas perdre son temps avec ça.

Et puis Joe, si c'est toi qui tombes, s'il te retrouve dans le caniveau, il te prend la main et te relève vers son soleil, Joe. Pourrait pas rester ici deux secondes de plus à écouter toutes ces conneries, Joe.

J'arrêterai tout.

Et pourquoi moi ?

Mme Rajoy c'est elle qui avait commencé. En arrivant au lycée, j'avais vraiment décidé de me tenir au carré. Un nouveau lycée, des nouveaux profs, de nouveaux camarades, ça valait le coup de proposer un Bruno tout neuf. J'étais pas assis depuis dix minutes que Mme Rajoy se lève et ouvre sa gueule minuscule, elle était vraiment toute petite Mme Rajoy, et direct c'est pour moi :

« Caliciuri, ça suffit !

— Mais madame, j'ai rien fait !

— C'est pour tout ce que tu vas me faire pendant l'année. »

J'étais scié. J'ai horreur de l'injustice. Alors c'était clair, elle allait en baver. J'ai appris plus tard que ma sœur Gina et mon frère Aldo étaient passés par la classe de Mme Rajoy. Et Gina, toute fière de m'annoncer qu'elle en avait fait voir à sa-petite-prof-de-sciences-naturelles-madame-Rajoy. Je connaissais son mari, M. Rajoy, mon prof d'espagnol au collège. Un grand, très grand, terrible maigre. Une barbichette blanche taillée comme un Kilimandjaro. Don Quichotte de la montagne. Lui c'est vrai, on lui en avait fait baver et pas que du mou. Mais ça, c'était ma vie d'avant. Avec mon pote Denis, Denis Cortes, ce prof devenait notre cible. Mais il nous le rendait bien. Gifles et coups de pied. Oui, coups de pied. Je jure. Je me suis détaché de l'espagnol à cette période. J'aurais tant voulu faire plaisir à papa et à mémé Pilar, apprendre l'espagnol, leur langue, mon histoire.

Mme Rajoy, je pouvais plus la sentir. Ni elle, ni le spermatozoïde grimpeur. Même Don Quiche arrivait au bout. Alors, je me suis fait une raison. Je me suis dit qu'on était là, sur terre, et ce serait tout. On vit, on meurt, on fera ce qu'on pourra. Ça m'allait, ça me suffirait. Je sais qu'on meurt demain. Et vous croyez pas que ça me rongeait de savoir qu'on meurt demain ? Cette phrase, je la balançais à tout le monde. On meurt demain. À tout le monde. Et les copains ne la supportaient plus cette phrase. Alec, Fernand, Nico, quand ils devaient rentrer chez eux, ce moment où on devait se dire à demain, ce moment qui attendait d'éclore comme une fleur : « On meurt demain les gars, profitons de la nuit qui arrive. »

Ça manquait pas. Alec, même s'il était sûr de se faire engueuler en rentrant chez lui, il restait dans la nuit tout éclairé. C'est moi qui avais raison. Parce que la nuit était à nous et la nuit serait belle. Fernand, lui, s'en foutait, il était tordu de rires. De toute façon, Fernand s'en fout de tout et Fernand est toujours tordu. C'est lui qui a raison, la vie absurde. On vit, on meurt, alors autant se marrer. J'étais en troisième, Fernand était en seconde. Je suis passé en seconde, Fernand était en seconde. Je suis passé en première, Fernand est resté en seconde. C'est moi qui ai trouvé son surnom

Fernand. Philippe Fernandez ça sonnait pas comme sa folie.

Avec Alec, on aimait ça dormir chez Fernand. C'était doux, rudement doux. Des parents, Gillette et Aurelio, qui aimaient, qui s'aimaient, tu entends ça ? C'était pas rien. Aurelio, le papa de Fernand, nous racontait toujours des histoires marrantes, souvent incroyables. Et puis Gillette qui lui lançait : « Arrête Aurelio ! Tu nous fatigues ! » Mais elle disait ça en souriant, avec de l'amour. Vous comprenez ? Ça puait l'amour. Et Fernand toujours le premier tordu. Même quand Aurelio nous a expliqué comment il avait failli se noyer à la pêche. Un grand pêcheur, c'était. Même quand ça ne mordait pas, il ramenait du poisson. De la truite magnifique. À son retour, quand il ouvrait sa musette en osier, ça sentait le rituel grandiose, et il était fier, Aurelio. Il posait le poisson comme ça sur la table en bois de la cuisine, il nous regardait un par un comme pour dire : « C'est qui le patron ? » et il ôtait la mousse fraîche qui collait encore à la peau de la morte. Ça sentait la vie. Ça sentait la rivière qui frétille. Alors, avec le pouce, il caressait les nageoires de sa victime comme pour la ralentir, lui rendre l'espoir. On aurait dit que la truite pouvait se réveiller à tout moment et qu'elle pourrait renaître dans les airs, mais elle ne se réveillait pas.

Il nous a raconté ça à table, un jour, il avait dû rentrer carrément dans l'eau pour décrocher son hameçon coincé entre deux cailloux tout au fond. Il avait tellement plu toute la nuit que l'eau de la rivière bouillonnait, elle rugissait. Le lit avait doublé en quelques heures. Il était drôle Aurelio. Quand il lançait le fil de la canne et que l'hameçon s'envolait avec un petit ver égorgé tout au bout, chaque fois il l'encourageait : « Allez, va gagner ta vie petite ! » Chaque fois, c'était drôle. Donc quand il est rentré dans l'eau, il n'a pas mesuré la profondeur, il a été aspiré d'entrée, comme ça, d'un coup avalé par la gueule d'une bête féroce. Il s'est débattu, mais tu parles. Lui et ses grandes bottes ont coulé comme une pierre. Il a eu beau se débattre, le monstre n'a rien lâché. Il a eu beau gueuler. Avec le raffut de l'eau déchaînée, on ne pouvait pas l'entendre. Eh bien, il est mort.

Enfin, il n'est pas mort parce qu'il nous a raconté son histoire. Presque mort. Il s'est senti partir comme la rivière. Mais l'instinct de survie. Il a tendu le bras une dernière fois et a réussi à s'agripper à une branche qui traînait là. Ça l'a sauvé. Une branche ! On tient à une branche ! Eh bien tu crois ou tu crois pas, moi j'y crois. Je suis sûr qu'il s'agit d'une intervention divine, une main tendue par l'indicible. C'est pas ce qu'on appelle un miracle ?

Moi j'ai vu maman, je le jure. Je m'en fous si on ne me croit pas. Pas la nuit. Tout était clair, lisible dans ma tête. J'ai vu une lumière qui bouge et très blanche venir juste à côté sur la table de chevet, près du lit. Et puis maman est apparue. C'était maman. Elle m'a souri, juste souri longtemps, plusieurs longues minutes. Elle voulait me dire. Elle voulait me dire que tout allait bien se passer. Sûr, c'est ça qu'elle a voulu dire maman.

Je m'en fous si on ne me croit pas. Allez porter vos briques !

Aurelio s'est agrippé à la branche et a pu sortir de l'eau, épuisé. Sauvé. Robinson sur la plage. Il nous a raconté ça et Fernand qui se tordait la bouche. À la fin du repas, chaleureux repas, on est montés se coucher. J'ai eu beau tenter de glisser mon « on meurt demain », ça n'a pas marché cette fois.

Gillette nous avait préparé deux matelas dans son atelier de peinture. Une orgie de tableaux. Partout dans la maison. Eh bien j'en suis sûr, quand il y a un peintre à la maison, ça aide au bonheur. Des couleurs brusques. Tous ces paysages. Des champs, des villages, des plaines de rouge et jaune. Psychologiquement, ça doit jouer. Parce que vivre avec quelqu'un qui peint la mort et des trucs abstraits tout noirs, ça doit pas être évident. Chez nous, il y avait une litho de Picasso dans le salon, *Guernica*. Quelle tristesse.

Quand on est rentrés dans l'atelier au-dessus, avec Alec on a été fusillés, une folie. Des tableaux encore sur les murs, certains accrochés dans tous les sens, même à l'envers. Y en a même qui traînaient au sol. Une fièvre. Et nous qui marchions sur la pointe des pieds pour ne rien abîmer des tubes argentés de peinture, aplatis, enroulés, partout. Eh bien ça, c'est une artiste, une vraie. Les artistes ont du bordel à l'intérieur. Moi, si j'étais artiste, je laisserais tout traîner derrière moi. Je m'endormirais sur mes œuvres et une femme aimante viendrait me réveiller au petit matin avec un café bien chaud au sourire lumineux. D'ailleurs, ce serait ma muse. Et nous ferions l'amour comme des bêtes sur le sol. Et le sol s'iriserait. Et mes doigts de peinture sur sa peau laiteuse.

J'ai percuté le tableau sur le chevalet. Broummm ! Une peinture sur laquelle Gillette était en train de travailler. Le tableau, et pas un petit tableau, un grand format, est venu s'écraser sur une palette de toutes les couleurs fraîches. Une tragédie. On s'est regardés. Ça rigolait pas. On n'était pas fiers. C'est Alec qui a redressé la toile comme s'il relevait une vieille tombée d'un bus. Bordel ! Le tableau comme un village. Je ne sais pas lequel. Un village catalan parce que tout en haut du clocher on pouvait voir ce drapeau. Toutes les couleurs de la palette accrochées comme de petites merdes fraîches de chat crépies à une maison du village. Un chaos.

Il était pas loin de minuit. Jusqu'à 6 heures du matin on a essayé de rattraper le coup. Enfin, j'ai essayé. J'ai d'abord raclé comme j'ai pu les résidus de peinture, et puis je m'y suis collé. J'ai pris le premier pinceau qui traînait dans un pot plein d'eau, et j'ai repeint la maison qui déconnait. Alec dirigeait les contrefaçons. Une ambiance de psychiatrie. Plutôt sympa Alec, il disait : « Ça c'est bien, c'est bien, insiste un peu sur le toit. » C'était Alec le chef. Et puis après on s'est couchés, épuisés, mais quand même satisfaits. Mais Dieu sauvage !

Au réveil on avait dû dormir trois heures, et devant nous ce tableau, un village peint par une vraie artiste et au milieu, ma merde… Ma maison que j'avais essayé de réparer toute une nuit. Une horreur. J'aurais dû la peindre avec les pieds. On est descendu au petit déjeuner, rejoindre les autres, on en menait pas large. Alec a tout avoué. Admirable Alec qui n'a pas dit que j'avais tout renversé. Alec n'est pas un traître. Et Fernand ? Fernand continuellement tordu. Gillette est montée jusqu'à l'atelier en courant, elle a poussé un cri et puis rien. Et puis on a entendu un petit rire sec, et puis un rire plus fort comme un séisme de rire, et puis une fontaine qui coulerait fraîche et pure et ne pourrait plus s'arrêter.

C'était de plus en plus compliqué chez nous. C'était plus que cela, c'était la guerre. Je ne pouvais plus supporter d'entendre ces cris tous les jours. Je rampais entre deux feux. Et non, je ne deviendrais pas un gouffre dans lequel on gueule sa noirceur. Et non, je ne pouvais plus rentrer chez moi, chez eux, sans cette douleur terrible qui brûlait mon ventre. Papa s'était remarié. Maman était partie depuis quoi, sept ans. Sept ans, c'est plus de 2 500 jours. 2 500 jours tout seul, long, seul avec quatre enfants, pas facile. Alors cette femme est entrée dans notre vie. Je savais qu'elle était là pour mon papa, qu'elle pourrait lui faire du bien. Et mon père qui lui collait quatre enfants dans les bras.

Pas facile veut dire insurmontable comme la guerre.

La première fois où ils l'ont enterrée, ce n'était pas chez nous, on nous avait prêté une concession. Papa n'avait pas les moyens de payer un caveau rien qu'à nous. Rien que pour nos morts. Alors, maman s'est réfugiée dans le caveau des cousins et des tontons, mais depuis, ils tombaient un par un.

D'abord tonton Octave. Avec sa femme Marcelle, ils n'avaient pas eu d'enfant, j'étais comme leur enfant. Tonton savait toujours tout sur tout. Il pouvait te dire : « Je sais exactement reproduire le brame du cerf l'été la nuit quand il est en rut. » Alors, avant de bramer, Octave rajoutait toujours : « Exactement, écoute, exactement. » Et puis : « Ouhouhhouhhh. » Je n'avais jamais entendu un cerf bramer, mais j'en étais sûr, c'était exactement ça. Quand tonton est mort, il restait quasiment plus de place dans leur caveau. Et les autres qui pouvaient arriver très vite, a-t-on fait entendre à mon papa.

Maman juste à côté du pauvre Jean-Marc. Un petit cousin parti à treize ans, une maladie du sang, une tragédie. Il s'était fait renverser à la sortie de l'école par une voiture et puis rien. Il s'en était sorti avec rien du tout. Un miracle. Plus tard, le poison dans son sang. Une leucémie, je crois. Quelle vie de merde, et les parents, t'imagines les parents ? Papa s'est saigné, il a pu acheter un caveau juste à côté, pas loin, à deux pas. Maman était bien, là, maintenant, maman pour toujours. C'était à nous. C'était pour nous. Et ça me faisait froid.

Elle ne devrait plus bouger, et y aurait même de la place pour nous tous. On l'a à peine déplacée, hein ? Juste à côté du robinet. Et le seau en fer gris qui traînait toujours là, c'était pratique. C'était pour tout le monde. Arroser les fleurs de tous les morts.

Nous étions là, papa, Sandra, Aldo, Gina et moi. Cette fois, on ne m'a empêché de rien du tout. De toute façon, on ne pouvait plus m'empêcher de rien, je n'avais plus six ans. C'est Jojo Bourgat, le père de Didier et René, le père de Bubu, qui ont fait le truc. Ils ont cassé le marbre, pas pu faire autrement. Une étrangeté. Je l'avais tellement embrassé ce marbre, j'aurais presque eu envie d'en conserver un morceau secret. Non. De toute façon j'aurais fini par le perdre. J'ai gardé plein de choses, des petites choses comme ça (j'avais même gardé l'appendice qu'on m'avait enlevé à six ans), des bouts de vie ou de mort, je les ai cachés pour ensuite ne plus jamais les retrouver. Je perds tout. J'ai tout perdu. « T'as même perdu ta mère ! » balance parfois Alec pour déconner.

Et puis, je me voyais pas repartir du cimetière avec un bout de marbre secret. René tapait avec sa masse sur ce gros clou en ferraille. On entendait plus que ça, « toc, toc, shlack ! ». Ce bruit sec qui fracture le silence. Et pas que le silence. Personne ne parlait. Au loin, j'ai aperçu une petite vieille qui venait sûrement rendre visite à son mari. Elle a déguerpi. Vite. Elle a dû être effrayée la vieille. Ces types qui tapaient, qui fracassaient les tombeaux pour sortir une morte. J'en menais pas large. Nous avaient prévenus avant, mais quand même.

René avait dit qu'on ne pouvait pas trop savoir à quoi s'attendre. Qu'allait-il rester de la boîte en bois après tout ce temps ? Si on voyait à l'intérieur ? J'ai fermé les yeux. Je ne pouvais pas. J'ai pas pu. Alors, j'ai repensé à l'agonie de l'oiseau.

Un petit oiseau qui venait taper tous les matins du bout de son bec jaune à la fenêtre de la maison chez mémé Stella en haut sur la terrasse. Il tapait pour nous réveiller le matin, au printemps. Pépé disait qu'il était peut-être en train de nidifier et qu'il chassait tout intrus alentour pour protéger ses petits. D'après lui, il se battait contre son reflet sur la vitre. Il donnait des coups de bec pour faire déguerpir cet autre oiseau derrière, cet autre qui n'était que lui-même. Un matin, j'ai ouvert la fenêtre, je voulais qu'il comprenne, qu'il arrête de se battre pour rien. J'avais, quoi, six ans. L'oiseau a foncé dans la pièce, lancé comme une pierre. Il est allé s'écraser sur le mur de ma chambre. Tombé, assommé ou mort. Petit corps gisant à mes pieds. Je me suis rappelé à cet instant que c'était le deuxième oiseau que je tuais sans le vouloir, mais que je tuais quand même. J'ai posé une main sur ses plumes chaudes. Son petit cou tourné sur le côté et son bec jaune d'où jaillissait une larme rouge. Son ventre noir et bleu tremblotait encore. Peut-être était-il en train de mourir, mais peut-être était-il en train de vivre ?

J'ai couru tout en bas jusqu'à la cuisine. J'ai pioché dans la boîte à sucre et au-dessus de l'évier j'ai versé quelques gouttes de vin rouge de la bouteille de pépé sur mon carré de sucre. J'ai coincé le morceau contre le bec du mourant. Il ne s'est rien passé. Le petit corps devant moi ne bougeait plus du tout. J'ai pris ce petit rien encore tout chaud entre mes mains et je suis allé réveiller pépé qui dormait encore près de mémé dans la chambre tout en bas.

Il m'a rien dit pépé. Il m'a regardé tendrement comme on s'attarderait devant un tableau triste. Son petit Bruno de six ans et cet oiseau à peine mort encore chaud dans le creux des petites mains. Pépé s'est levé, a tiré une boîte à chaussures vide du dessus de l'armoire et j'ai déposé ma victime délicatement à l'intérieur. Nous sommes allés l'enterrer pas très loin, juste en haut de la rue. Là où la forêt mord timidement le village.

Tout près du petit ruisseau, pépé a creusé un trou avec ses doigts d'ouvrier et a déversé l'oiseau à même la terre. Nous avons recouvert le petit monticule d'un tapis de feuilles humides, et sans un mot nous nous sommes enlacés très fort pour le recueillement, pour le dernier adieu. Il y avait nous, le mort, et cette musique de l'eau qui courait dans la rigole. Je me souviens d'avoir pensé à ces oisillons qui ne survivraient pas.

Je suis revenu quelques jours plus tard et j'ai gratté la terre. Doucement et plus vite. Rien. L'oiseau à la robe noire et bleue avait disparu. J'ai rouvert les yeux. J'ai regardé papa. Mon papa.

Il est courageux papa. Toujours. Je n'avais jamais peur quand j'étais près de lui, sauf quand il avait bu. Il regardait comme nous ces deux hommes, ses deux amis, qui ouvraient la boîte de sa femme. À quoi pensait-il ? Ils ont toujours été embêtés pour les fins de mois avec maman, quatre enfants… mais je sais qu'ils étaient fous d'amour. Tout le monde me le raconte encore au village, surtout les vieux. Il pensait à ça peut-être papa ? Est-ce qu'il songeait aux moments où ils faisaient l'amour ? C'est bizarre d'imaginer ses parents faire. Alors, j'y ai pas pensé.

Le dernier coup de marteau, je me suis reculé un peu, un tout petit peu. À vrai dire, j'avais peur, parce qu'au fond, tout au fond je pouvais apercevoir la boîte. Marron. Marron clair. Depuis toutes ces années, elle était restée marron clair. Peut-être la couleur était un peu passée. Peut-être la boîte était plutôt noire au départ. Je ne savais pas, je n'avais que six ans et je n'y étais pas. On m'avait interdit de voir tout ça.

C'est Jojo qui a plongé le premier ses longs bras tout au fond. Il a tiré un peu. Et puis s'est retourné. Et papa a hoché la tête. Comme ça. Comme pour dire, oui, vas-y, oui il faut le faire. Maintenant.

Alors, René a plongé ses bras tout au fond lui aussi et ils ont tiré et tout est venu. Personne ne parlait. Quand ils ont posé la boîte par terre, nous étions réunis à nouveau. Papa, et maman et puis nous quatre. J'aurais presque pu lui parler, elle était juste là à deux mètres, à mes pieds. Et je lui aurais dit quoi ?

Quoi j'aurais commencé par ? Je lui aurais sûrement parlé de l'amour pas possible. Il paraît que ça peut tout entendre une maman. Une maman, ça sauve la vie. La boîte eh bien elle était à peine abîmée. Depuis tout ce temps. Juste une légère fissure sur le bord, comme un coup de machette. Pas plus. On voyait pas plus que ça. Un Jésus en fer accroché sur le couvercle. Un peu noirci quand même.

J'ai pas pu regarder quand ils ont ouvert pour mettre maman dans l'autre boîte, la neuve. René nous l'avait dit, on ne savait pas, alors valait mieux pas. En moi maman était restée sublime. Jusqu'au bout. Même quand la maladie avait essayé de dégouliner son visage. Maman était restée sublime. Il me restait ça. Et alors je me suis souvenu, le sublime est un départ.

Je ne sais pas si Aldo a regardé, ni Sandra, ni Gina. J'ai jamais osé demander. En tout cas, René et Jojo ont fait ça le mieux possible. Je suis sûr pourtant qu'ils pleuraient tout au fond d'eux. René Buzan était l'ami de ma maman, de nous tous. Quel boulot quand même, c'était surréaliste ! Transvaser une morte, une maman d'une boîte à une autre avec les enfants et le mari autour. Papa s'est approché, il a pris quelque chose dans l'ancien cercueil et l'a soigneusement rangé dans l'autre. Une bague, je crois. Ils ont refermé le couvercle, ont engouffré maman dans l'autre maison. On est restés longtemps. Très longtemps, tous silencieux. Le radieux tout en haut. Encore plus je crois. Et puis. Chacun a pensé à plein de choses sûrement. En tout cas moi, j'ai pensé à plein de choses. Elle était bien là, maman, face à la grande montagne. Alors, quand Fabienne m'a dit au revoir, j'ai eu cette sensation étrange de perdre ma mère une seconde fois.

On était au lycée, un vendredi 13, on n'avait pas cours exceptionnellement. Et puis cette décision collective de se retrouver chez Urbain. Avec Vincent Bobo, Florence, Jean-Philippe et quelques autres. Et puis Fabienne.

Urbain avait une piscine. J'ai décliné l'invitation, je ne voulais pas montrer mes pieds aux autres. Et je devais retrouver Fernand et Alec, je restais seul. Avant de rejoindre les autres, Fabienne est passée par le gymnase derrière le lycée, c'est là, je m'en souviens, que son image s'est inscrite en moi. Je voulais lui prendre la main. Je ressens encore aujourd'hui la chaleur de mon cœur. Quand ça accélère. Je voulais lui dire que je l'aimais, ce devait être l'instant inouï de la promesse, qu'elle m'entende vraiment. C'était trop fort, dévastateur, tellement pur. Allais-je oser l'embrasser ? Je le désirais plus que tout. J'en ai rien fait. Elle m'a demandé si je n'allais pas m'ennuyer tout seul, j'ai répondu non. Ça sonnait si creux. Elle est partie rejoindre les autres qui l'attendaient, j'ai eu mal. J'avais tout loupé, je l'avais laissée m'abandonner, je l'avais perdue.

La première fois où j'ai aperçu Fabienne, j'ai voulu vivre.

C'était la rentrée. Chacun avait pris sa place dans la classe de Mme Bataille. Chacun à côté de quelqu'un qu'il connaissait, ça rassurait. C'est pas rien un premier jour de lycée. Ceux qui venaient du même collège par exemple essayaient de ne pas trop s'éloigner les uns des autres. Et puis les amis de toujours. Les groupes se formaient. Le temps que je réfléchisse à tout ça, il ne restait plus que cette place au fond, à côté de ce type qui avait l'air, comment dire : plutôt beau, presque étrange. Je me suis assis, il a rigolé. La seconde, Fernand.

Devant nous juste, la table devant, là, cette grande fille me cachait presque la vue de la professeure. Et ça, c'était pas mal. À côté d'elle, une autre fille toute petite, sa meilleure amie, ça je le saurais plus tard. Elles n'arrêtaient pas de papoter et de sourire, la complicité de l'amitié profonde. Sûr, la grande devait raconter à la petite ses grandes vacances et les amours d'été vives et courtes comme des coupures sur un poignet. Et la petite qui souriait. Mais un sourire. Si je devais pas en faire trop, je dirais que mes yeux ont plongé sur cette bouche, cette bouche avec ces petites dents toutes blanches qui deviendraient nuage.

J'ai pas réussi à faire semblant de ne pas remarquer cette petite créature toute nouvelle, mieux troublante que belle, condamné à la croiser tous les jours de cette année. Fabienne s'est peut-être aperçue de mon trouble. Elle s'est tournée vers moi en emportant son sourire. Alors, ses yeux. J'ai découvert les deux plus beaux yeux qu'il m'ait été donné de voir depuis ceux d'Alec. Depuis le début, depuis le tout début de ma vie, depuis quinze ans environ. Des yeux vert et violet. Un ravage. Un mélange de rainbow, et la forme des yeux, les yeux qui émeuvent et foudroient, j'avais vraiment vu ça chez Alec le premier jour, on avait six ans et je m'étais laissé aimanter par ses yeux tragiques. La tragédie sublime, la souffrance d'une tristesse retenue, ou plutôt détenue, qui ne veut rien montrer mais la souffrance hurle bien trop fort. On ne peut trop rien faire à ça. Ces yeux-là m'ont toujours bouleversé. Les yeux d'un Christ sur le dernier chemin.

Ce n'est que lorsque Fabienne s'est retournée à nouveau vers le tableau en face que j'ai pu m'attarder sur ses cheveux, tout courts. Elle m'a laissé un sillage. Tout noirs, éprouvés de noir. Même s'il y en avait des millions, je suis sûr que j'aurais pu compter ses cheveux un à un comme s'ils étaient chacun bien à leur place. Je suis tombé amoureux de Fabienne la première heure du premier jour de ma première année au lycée Charles-Renouvier de Prades. J'étais celui qui avait ouvert un sourire sur les lèvres de Fabienne.

Première fois que ça m'arrivait, je me retrouvais chez moi le soir et il me tardait d'être au lendemain pour la retrouver. À cette période, je n'ai pratiquement jamais raté le bus du matin pour arriver le plus tôt possible. Un exploit quand on pense que j'avais pris l'habitude de ne jamais me lever trop tôt. Je grappillais des minutes de sommeil et j'allais directement me poster à la sortie du village pour attendre sur le bord de la route. Pour tendre le bras, pas encore réveillé, le dernier toujours et la voiture-balai qui me ramassait et ces retards qui se répétaient tous les matins. Le chemin du cancre.

Allongé sur mon lit, j'ai repensé à Louise, c'était quand même dingue, c'était quoi, un été juste là, hier, j'étais tombé complètement amoureux de cette Anglaise et maintenant je devenais fou amoureux de Fabienne.

J'en étais arrivé à la conclusion que mon cœur devait être plus gros que la normale. Une obésité à sentiments, c'est ça. Et puis j'ai repensé aux autres filles, quinze années sur cette terre, j'avais dû tomber amoureux des milliers de fois. J'ai repensé à Louise en écoutant *Pride (In the Name of Love)* de U2. Le 45 tours était sorti l'été de Louise. Sur le dos de la pochette, des citations de Martin Luther King, je les avais apprises par cœur, et c'est ça que je soufflais à ma douce quand je voulais faire illusion et parler anglais avec elle.

La haine et l'amertume ne peuvent pas guérir la maladie de la peur. Seul l'amour peut faire cela.

La haine paralyse la vie, l'amour libère.

La haine trouble la vie, l'amour la rend harmonieuse
La haine obscurcit la vie, l'amour la rend lumineuse.

C'est à ce moment qu'elle a commencé à me regarder un peu bizarrement, comme si elle reniflait que je n'étais peut-être pas finalement l'homme sûr de sa vie, celui qui élèverait ses enfants. Trop risqué.

Le problème, c'est quand je tombe amoureux, je ne peux pas le faire à moitié. Aucune stratégie, je fonce et je dépose la galaxie aux pieds de mon adorée, ça peut faire peur. Et puis surtout, j'avais cette odeur qui me suivait partout, tout le temps, ça filait sous la peau, j'avais trouvé ce job d'été à la mairie de Vernet. Je ramassais les poubelles du village. Je passais toute la matinée debout sur un marchepied, au cul d'un camion. Je sautais sur la route et hop ! j'attrapais une poubelle et je la vidais dans la benne. Je sifflais et le chauffeur repartait jusqu'à la prochaine. À la fin de la matinée, on allait vider le camion à la déchetterie. J'avais beau prendre trois douches d'affilée, la pourriture infusait l'amour.

Avec Fabienne, on s'est enlisés dans quelque chose de magnifique qu'on appelle l'amitié entre un garçon et une fille. L'amitié merveilleuse comme du poison qui finit par étouffer toutes les possibilités d'amour physique entre deux êtres. Quand j'observais un garçon, une autre victime, toujours fixé comme une limace à sa meilleure amie, sa grande amie, je savais sa souffrance. J'étais toujours collé à Fabienne, elle aurait fait de moi ce qu'elle voulait.

Bien sûr, je pleurais tous les soirs. Cette situation devenait de plus en plus compliquée, insoluble.

Plus les jours d'école passaient, plus nous nous soudions d'une amitié que nous trouvions tout simplement unique et indestructible. Nous avancions vers la vie, l'autre, la grande, l'inconnue. Le précipice de la fin de l'enfance approchait mais nous étions ensemble. J'étais d'accord sur presque tout avec elle, en tout cas pour elle. Mon Dieu ! Mes plaines ! Joe ! Elle m'avait presque converti à sa musique. Non, pas possible, j'écoutais ce qu'elle désirait, j'écoutais son sourire. Quand elle me parlait d'un groupe ou d'un chanteur, je mentais comme je savais faire, et je trouvais ça vraiment pas mal du tout. Si les autres m'avaient entendu dire que Scorpion et leur putain de slow qui pue la guimauve était « pas mal du tout »…

C'était facile pour nous, on n'avait qu'à tendre le bras pendant le cours d'espagnol, on s'échangeait les petits mots sur de petits papiers, des mots d'amitié, une amitié vertigineuse. Est-ce que tu te souviendras encore de moi ? On pourrait mélanger nos sangs ? Je taille ton poignet, tu déchires le mien. Une amitié à faire tanguer les hirondelles, celles des plaines ou des pentes, du moment que c'est fort. Et sauvage. J'ai déroulé ce petit mot qui venait d'atterrir sur la table : « Promets-moi qu'on ne s'embrassera jamais. »

Dégoupillé de l'intérieur. Plus pouvoir réagir. Alors, j'ai regardé ma main attraper ce stylo et répondre : « Je te le promets, ne faisons rien qui puisse éteindre notre amitié. »

J'ai roulé mon petit message et je l'ai catapulté devant elle sur la table. J'ai fait ça si vite, je venais de sceller par ce geste les dernières espérances de voir un jour notre amitié se transformer en amour.

C'était sûr, j'aurais du mal à regarder Joe en face maintenant, il me traiterait de lâche, de foie jaune, et il aurait raison.

Allais-je donc faire ça toute ma vie ? Me fouetter ? Me flageller ? Me tirer les balles de toutes les armes du monde dans le pied ?

Elle a serré fort mon projectile dans son petit poing cruel. Avant de déplier le papier, elle s'est encore retournée, je le savais, j'en étais sûr, mon sourire devait être celui d'un benêt et mes yeux pulvérisés de larmes. Les larmes du sacrifié, celles de l'Indien traversé par la flèche rutilante. Fabienne ne s'est plus retournée après avoir lu mon message, mes mots, tous ces mots que je n'avais absolument pas envie de lui écrire. Elle a de nouveau refermé sa jolie petite main sur le papier stupéfait, comme pour le broyer ou le garder très fort, oui elle a serré le mot si fort qu'elle a certainement tout imprégné en elle, dans ses veines ça passerait, dans les lignes de sa main, son futur, notre futur, et elle a relevé la tête et jusqu'à la fin du cours a fixé Mme Bataille, sans rien plus me donner.

J'ai regardé mes mains dans une autre vie. À ce moment-là, j'aurais caressé la nuque de Fabienne du bout de mes doigts lisses, du bout du pouce. J'aurais dessiné un cœur sur sa peau. Et elle aurait tout deviné, tout et tout de suite. Mais peut-être savait-elle déjà.

Ce soir-là, allongé sur mon lit en écoutant Renaud, après avoir un peu pleuré des caisses, j'ai fixé le blanc du plafond gris et j'ai essayé d'analyser les choses.

Qu'est-ce que ça voulait bien dire ? Promets-moi qu'on ne s'embrassera jamais ? Elle me demandait de promettre, c'est qu'elle promettait elle aussi. Elle griffait ce pacte-là froidement, et je n'avais plus qu'à le signer, mais peut-être me demandait-elle de promettre car elle me jugeait sûrement beaucoup plus fort qu'elle. Je devais promettre car il lui manquait les forces. Elle était prête à céder, bonne à craquer, à se répandre, prête à tout perdre. Voilà la chose !

À me sauter au cou, à m'embrasser goulûment, à me picorer les paupières en gémissant, en poussant des petits couinements de souris, une adorable souris couinante, je ne la voyais pas gémir autrement. En soupirant des : « Oh Bruno ! Oh mon Bruno ! Je t'aime ! » Elle était prête à sacrifier cette amitié le temps d'une passion. Moi aussi j'étais prêt, et pas qu'un peu, et depuis le début. J'étais plein, rempli à ras bord de sensations juteuses, de convulsions. Mais je venais de tout bousiller. Qu'est-ce qui m'avait pris de refermer violemment la porte qu'elle m'entrouvrait ! Il m'arrivait parfois, même très souvent, de me détester. Là, je me dégoûtais.

Papa est venu m'embrasser, il m'a serré encore très fort, j'ai senti sa barbe griffer ma joue.

« Il faut se coucher maintenant, il est tard, tu n'es même pas descendu dîner. Ça va l'école ? Tu veux qu'on parle un peu ? »

Pas même attendu ma réponse. Et quand il a refermé la porte, je me suis senti terriblement coupable. Coupable d'infliger encore toutes ces anomalies à mon papa, jusqu'où ? Mon comportement, et mes notes pas terribles à l'école, et mon papa si triste. En même temps, quand il s'est accroché à moi, je sentais quelque chose de plus, comme s'il voulait se faire pardonner de n'être pas trop là quand il fallait. De ne plus trop sourire. T'en fais pas papa, mon petit papa. Je me suis souvenu, je pensais exactement, cette phrase je me la répétais sans cesse quand j'étais petit à la mort de maman. Mon petit papa.

Promets-moi qu'on ne s'embrassera jamais.

Et si elle avait omis le mot « pas » ?

Et si tout cela n'était que négligence ?

Promets-moi qu'on ne s'embrassera *pas* jamais ?

Je devenais fou. Et si elle m'avait répondu ?

C'était sûr, si elle m'avait répondu, c'était pire. Le gouffre. La nuit du gouffre de Vernet-les-Bains. Je lui écrivais, je lui promettais. Elle se retournait, elle souriait, me répondait : « Je t'aime tellement. » Terrible… La situation aurait pu être beaucoup plus dramatique. Le je t'aime tellement, ce tellement de l'orage qui noie l'incendie. Tellement tiède. Et qui en même temps détruit tellement tout. Je devenais vraiment fou. J'étais en train de virer.

Recevoir un je t'aime et le cœur qui décroche, la vision qui se trouble face au grand chemin éclairé. Je n'ai pas reçu de je t'aime, ni de je t'aime tellement, la nuit était plaquée contre moi depuis longtemps déjà, toute la maison dormait, je suis descendu à la cuisine me couper un bout de fromage. En fait, elle n'a rien fait, elle n'a rien dit, ou plutôt si, elle a tenté quelque chose : rien. C'était beaucoup plus fort que ça. Elle a lu mon message. Elle s'est redressée, a fixé le tableau jusqu'à la fin du cours, le soir elle m'a juste envoyé ce signe de la main, avant de monter dans son bus et de reprendre sa discussion avec son autre meilleure amie Florence. Le film se dessinait maintenant clairement au fond de ma tête.

Et si Fabienne m'aimait ?

Fabienne m'aimait. Ma Fabienne m'aimait. Ma Fabienne m'aimait, c'était sûr.

Avant de me coucher, j'ai promis à Joe Strummer que j'allais me décider à tout déballer, tout sortir. Vivre enfin et brûler toutes ces merdes qui bouffaient mes entrailles.

Je vous ai regardés partir. Deux amoureux dans le froid.

Superbes et tragiques. D'abord vous avez marché, traversé la cour, sans parler je crois. J'ai deviné le trac, la peur qu'on redoute et qu'on espère à la fois. J'ai ressenti vos ventres bouffés par la flamme, la seule qui compte. Alec, mon ami mon amour, tu gardais les mains dans les poches et elle ma Fabienne, mon adorée, ses bras le long du corps. Ses doigts qui jouaient avec rien. Mon Dieu ! Qu'elle était longue cette traversée. Vous avez marché comme ça en direction de la fin de mon film.

Posté derrière mon arbre, j'ai observé ma mort. Une agonie magistrale, et puis vous avez tourné derrière le gymnase, là où vont s'embrasser les amoureux du lycée, dans les souterrains frais. Cette place, celle du premier baiser, celui qui restera tatoué. Juste avant de disparaître, c'est toi Alec qui lui as pris la main. Un instant, j'ai voulu vous suivre, vous voir, respirer ce que j'aurais dû respirer. Mais je suis resté sur la pente. Et j'ai pleuré, pas fort non, mais ruisselant à l'intérieur. J'entendais des gouttes tomber de très haut, une à une, au fond de mes entrailles déchiquetées. Mon ventre pleurait et mon cœur hurlait, comme quand un cœur hurle à la fin du tout. Au bout du bout.

Quand vous avez tourné derrière le bâtiment, le rideau est tombé, il n'était pas noir, mais gris. J'aime passionnément la pluie. Alors, j'ai respiré les gouttes qui se mélangeaient au vent glacial, qui s'amusaient encore à tourner et à soulever les feuilles qui traînaient ma douleur autour de l'arbre de rien dans la cour vide du lycée. Maintenant c'était sûr, il fallait mourir. Avant plus rien. Après plus rien.

Après. Après, Alec, s'il te plaît, ne renifle pas tes doigts. Ne souris pas, ne parle pas, tais-toi. Je t'en supplie. J'ai caressé l'arbre, le seul arbre de la cour de notre lycée et j'ai arraché la vieille écorce, tout est tombé, j'ai arraché encore un dernier bout qui ne voulait pas venir. Mais pas avec les doigts, non, avec les ongles. J'avais très mal. Alors j'ai planté plus fort encore, et du sang est apparu sur le bout, entre l'ongle et la peau. Je pouvais avoir plus mal. J'ai léché mes doigts à travers le froid. Ça hurlait. Les autres élèves, les autres, les fantômes, étaient sûrement en étude, ou je ne sais pas, où tu voudras.

Gentille Sylvia m'a regardé en sang. Elle a levé les yeux de son livre. Elle restait toujours toute seule Sylvia. Elle n'était pas belle. En tout cas, trop grande et costaud par rapport aux autres filles. Comme une armoire posée au mauvais endroit. Et les enfants sont cruels. Et Sylvia faisait la cible souvent, et c'est pour ça qu'elle sentait la douleur et le froid. Parce qu'il fallait une cible. Parce que les enfants doivent faire du mal pour aller bien.

Je crois qu'elle souffrait beaucoup. Elle ne pouvait pas ne pas voir qu'on la montrait du doigt, souvent, toujours.

On la visait car elle était différente. Les autres. La morale des autres, le goût des autres. Pas du goût des autres. Se sentir laide. Rejetée. Harcelée. Se sentir comme l'oubli au milieu de l'exil. Et le soir rentrer chez soi et encore souffrir. Comment survivre ? Survivre à quoi ? Se poser toutes ces questions. Y a-t-il de l'amour un peu quelque part ? N'ai-je donc droit à rien ? Laissez-moi les miettes ou je me jette dans le néant. Je suis laide, c'est à cause de vous que je suis laide, c'est à cause de vous, mes parents, mes salauds. Alors, la bouche qui se tord en buvant la soupe sans mots accrochés à la tablée morte. Si je suis laide, c'est parce que vous êtes si laids mes salauds de parents. Vous avez fait ça, vite fait sans amour, parce qu'il fallait le faire. Si vous y aviez mis un peu plus. Je suis le résidu d'une nuit de rien.

Elle était là toute seule dans la cour. Elle se tenait les jambes repliées, assise, dans les bras, le dos plaqué contre le mur de la salle d'étude. J'ai marché directement sur elle, sans un mot. Mes doigts saignaient et puis ma bouche aussi j'en suis sûr. Parce que j'avais sucé mes doigts. Elle n'a rien dit, Sylvia. Elle n'a pas souri quand je me suis assis tout près d'elle. Personne ne s'assoit jamais près de Sylvia. Et puis d'un coup, j'ai penché ma tête et j'ai fondu sur sa bouche. J'ai bouffé ses lèvres et j'ai léché ses lèvres. Elle aurait voulu s'échapper. Mes doigts pleins de sang dans ses longues boucles noires. Elle ne disait rien. Aucune réaction. Elle voulait qu'on la laisse tranquille, juste tranquille, parce qu'elle avait jamais fait de mal à personne Sylvia.

J'ai léché ses lèvres et le tour de sa bouche. C'était dégueulasse en fait. L'odeur était monstrueuse. Parce que lorsqu'on embrasse sans amour c'est monstrueux. Deux haleines qui se mélangent sans l'amour, ça peut pas.

Et puis d'un coup j'ai plaqué mes mains sur ses seins et j'ai pétri. Fort, fort, trop fort. Je ne les ai pas caressés, je les ai écrasés. Comme si je voulais pulvériser deux pêches trop molles avec mes mains maladroites. Je voulais tuer ces seins. J'étais un meurtrier. À ce moment-là, j'étais un meurtrier maladroit. Elle n'a plus rien tenté. Elle s'est laissée aller sous moi, sous mes doigts, pour que jamais personne ne sache ce que j'avais fait à l'amour, il n'y avait qu'elle et moi dans cette cour vide comme un cimetière. Je l'ai entendue pleurer, un peu, péniblement. À cause de moi, ou de bien plus que ça. Et puis sa petite voix a supplié : « Tu me fais mal ! » Pas plus. Alors j'ai tout lâché. Je me suis redressé, je l'ai regardée comme j'aurais toisé un animal si laid, si mort, si seul. Je ne voyais plus trop grand-chose. Mes yeux de larmes. Des larmes de haine. Des larmes de dégoût. J'ai tout recraché sur son pull mauve qui s'étalait sur sa poitrine. Nos salives et puis du sang et le mauvais goût de nos bouches pas faites l'une pour l'autre. Alors, je suis parti en courant, comme un salaud de violeur. Maintenant c'était sûr, il fallait vraiment mourir.

Sylvia n'est pas revenue en cours les jours qui ont suivi. Personne ne savait, moi je savais. Je n'avais pas peur. Je savais mentir depuis toujours. Je peux raconter des histoires, n'importe quelles histoires sans m'arrêter. Sans sourciller. Je peux mentir vraiment. Quelque chose d'énorme. En ne décrochant pas des yeux la personne qui m'écoute.

Je me suis longtemps entraîné devant le miroir. Une fois, je me suis même inventé une histoire d'accident d'autocar. Une tragédie merveilleuse. Un bus d'enfants qui dévalait la pente et venait s'écraser contre un arbre en bas du ravin. Toute la classe dedans. Une sortie scolaire pour aller visiter la maison de Dalí à Cadaquès en Espagne. Quand je suis revenu à moi, les autres étaient morts tout autour. Du sang partout et les bouts de chair collés sur mon pull. Un cauchemar. Et ? J'ai réussi à me faire pleurer. Je suis sûr que je pourrais la faire à n'importe quelle machine qui détecte les mensonges. Et puis personne n'avait pu nous voir dans la cour. Il n'y avait que nous. Alors, elle est apparue sur le pas de la porte. Encore, elle est apparue. On était déjà tous là, assis à nos places, Mme Rajoy n'a rien dit non plus, même pas au temps pour moi !

Elle est entrée dans la classe comme un mammouth timide et blessé. Sylvia complètement tondue. Elle s'était rasé la tête. Sa tête qui faisait toute petite maintenant sans ses longues boucles noires sur ce corps si imposant, massif. Ça a rigolé tout au fond et Mme Rajoy a hurlé si fort, c'était démesuré, je crois qu'elle gueulait pour nous faire taire mais surtout parce qu'elle ressentait comme nous, de la surprise. Décontenancée. Sylvia souriait, un sourire éternel qui ne bougerait plus. J'ai tout de suite pensé aux femmes à la fin de la guerre, qu'on avait tondues parce qu'elles avaient couché avec des boches. Quelle saloperie ! Je suis le boche ?

Sylvia tenait une fleur dans sa main droite, une rose tellement rouge. Elle pendait au bout de son bras. Plus rien, plus un bruit dans la salle de classe. Avant de regagner sa place, elle a déposé sa rose juste devant moi, sur mon bureau. Je n'ai pas levé les yeux.

Quand Alec est revenu ce soir-là, il n'était plus le même.

Il a d'abord essayé de pousser la porte de la chambre, mais n'a pas pu pénétrer complètement à l'intérieur. Mon corps enroulé par terre bloquait. Il m'a fait mal, ce con, à essayer de forcer l'entrée. En fait, je crois que je ne sentais plus grand-chose. J'étais complètement cuit, bourré, à mes pieds une bouteille vide. Ça puait la vinasse. Je crois même que j'avais vomi de la pisse. D'habitude, je ne buvais qu'à Noël et le premier de l'An aussi, quand on faisait des boums au club des jeunes. Et puis aux anniversaires, je buvais beaucoup et vite. La première fois que j'avais vomi, c'était dans une voiture. Le type m'avait pris en stop. Le gars sympa qui s'arrête pour te prendre et tu déglingues sa voiture. Mais j'avais fêté mes quinze ans, je rentrais d'une fête à Prades chez Fernand notre grand fou !

Alec m'a soulevé comme il a pu et m'a écroulé sur le lit. Et moi qui souriais comme une vierge. Il m'a raconté ça plus tard. Même complètement saoul, j'ai tout de suite remarqué. Il n'était pas le même Alec. Il m'a dit : « J'ai tué Fabienne », et puis « Non, je déconne ! Ça va Bruno ? » Il a ramassé la bouteille. « T'as bu tout ça tout seul ? » Et puis il a souri : « Ben mon salaud ! Et t'en as même pas laissé aux copains ! »

Ensuite, je crois avoir dormi un peu. Ou longtemps. À mon réveil, Alec était toujours là, il ne m'aurait pas laissé seul, jamais. Alec n'est pas un traître. J'étais pas bien et j'ai tout vomi. Mais cette fois, dans la bassine. Alec avait prévu le coup. J'ai touché mes cheveux, ça collait, et puis cette odeur de chien épouvantable. Alec a ouvert la fenêtre de la chambre, celle qui donnait sur le minuscule balcon en fer forgé gris accroché au-dessus de la rue. Je ne savais pas quelle heure il était mais la nuit. Alec fumait à la fenêtre. Il fumait !

« Mais putain ! Tu fumes ! »

Il m'a tendu sa cigarette, beurk ! Même si j'avais voulu, j'aurais pas pu.

« T'es fou ou quoi si papa nous surprend !

— Je suis amoureux mec ! »

Il a balancé la clope par-dessus la balustrade comme s'il l'avait toujours fait. Un cow-boy des années 30. Comme quand on dégommait les billes du bout du doigt. Il a craché ce qui lui restait de fumée dans la chambre avant de refermer la fenêtre.

C'est sûr, papa allait sentir.

J'ai reposé ma tête qui pesait sur l'oreiller du petit lit et j'ai regardé vaincu le gros nuage de fumée qui s'agrippait doucement au plafond. C'est moi le meilleur aux billes. J'arrivais à l'école le matin avec une bille, une seule. Eh bien croyez-le ou pas, je rentrais le soir à la maison avec un sac rempli de billes et de calots. Je gagnais tout, je piquais tout aux autres.

Alec s'est assis au bout du lit.

« Cette fois-ci ça y est je suis amoureux. Et puis, crois-moi, elle aussi. Je te promets, elle est mordue, et pas qu'un peu. »

Et il me racontait cette histoire d'amour, il me racontait mon histoire d'amour. Et je devais écouter ce type qui m'avait tout pillé ? Ces deux-là m'avaient broyé le cœur. J'étais une merde. Bien sûr Alec, la guerre chez lui, avait besoin d'amour lui aussi. Mais le sacrifié dans l'histoire, c'était moi et rien que moi. J'avais la sensation d'arracher le pansement qui colmatait ma plaie pour le poser sur la sienne.

Je pouvais pas en entendre plus. Alors je crois que j'ai souri comme un benêt. En tout cas, il a parlé Alec, longtemps. Je l'observais. J'ai repensé au jour où je l'avais enfermé dans ma chambre pour déconner, juste pour rigoler un peu.

Et puis j'avais entendu ces cris qui montaient du dehors, de tout en bas. De la rue. Quand j'ai ouvert la porte, plus là, personne, rien ! Et elle était petite ma chambre. J'ai compris tout de suite. La fenêtre grande ouverte et ce taré qui avait entrepris d'enjamber de mon balcon à celui de la chambre de Gina. Il y avait quand même un mètre, un mètre cinquante entre les deux. Et le vide en dessous ! Ça gueulait fort en bas. J'ai juste passé la tête sans me montrer. Vingt personnes, tout un bout du village regardait droit là-haut sur ma fenêtre en poussant des cris de terreur.

« Descends ! »

« Arrête ! »

L'autre cinglé se tenait comme une araignée tétanisée au mur, les bras tendus entre les deux fenêtres et les jambes écartelées sur les deux balcons. Vraiment s'il tombait, il était mort.

Il a réussi son coup. Il est passé chez ma sœur Gina, si effrayée qu'elle n'a pas ouvert la bouche. Plus tard, des gens sont allés tout raconter à papa. Eh bien papa… il ne nous a même pas engueulés. Rien. Je ne me souviens plus la dernière fois où il nous a crié dessus papa. Les cris, c'était quand il avait trop bu, il était pas contre nous. Des hurlements contre la vie dégueulasse. Des tremblements qui secouent. Mon père voulait crever pour vivre. Je crois qu'il avait peur de nous perdre. Ou peut-être que depuis la mort de maman, il se disait qu'on avait pas le droit de souffrir plus. Alors, il ne nous engueulait plus. Je l'ai vu une seule fois vraiment hurler sur Aldo.

Je ne savais pas pourquoi, ce devait être grave. Il avait fait de vraies conneries je crois, avec Bubu et Rémy comme d'habitude. Papa avait eu peur ce soir-là parce que Aldo ne rentrait pas et c'était déjà très tard. Il s'inquiétait depuis qu'Aldo avait failli mourir.

Une nuit, ils étaient allés jouer sur un chantier mal éclairé, pas éclairé du tout. Rémy rigolait à l'autre bout et Aldo a voulu le rejoindre. Il a cru marcher sur une planche posée là. Mais c'était juste le filet de la lumière de la lune. Et puis mon frère est tombé sur la tête, tout en bas, trois étages. Fracture du crâne. On l'a ramené à la maison presque mort. Les trois docteurs du village sont venus à son chevet. Aldo ne bougeait plus, là, sur le canapé du salon. Moi je me tenais derrière. Il y avait Sandra et puis Gina aussi. Un moment dur, sans bruit. Seuls les docteurs qui murmuraient entre eux. Je me souviens je n'osais pas regarder mon frère qui ne bougeait plus. Alors, j'ai fixé le tableau au-dessus du canapé : *Guernica*. Je ne me rappelle pas l'avoir vu ailleurs qu'au-dessus du canapé ce tableau. Il était tellement laid. Je ne savais pas pourquoi papa le vénérait tant. J'aurais pu la peindre, moi, cette merde nucléaire.

L'ambulance jusqu'à Perpignan. L'hélicoptère jusqu'à Montpellier. Je me souviens du docteur Jalibert qui avait dit à mon père : « S'il passe la nuit, s'il tient jusqu'à demain, il s'en sortira. »

Alors vous imaginez, quand on voyait pas arriver Aldo le soir, papa avait très peur. On finira par le crever papa.

« Merci mon Bru ! Tout ça c'est grâce à toi ! T'es tout pour moi. D'ailleurs, je l'ai dit à Fabienne que t'étais tout pour moi. Elle t'aime beaucoup tu sais.

— Elle t'a dit ça ?

— Elle me l'a dit deux fois. Même en se quittant ce soir elle me l'a répété. »

J'ai dû dire une connerie, comme je suis content pour vous. Et puis j'ai hoqueté à nouveau au-dessus de la bassine, mais plus rien. Du vide dans mes tripes assassinées. J'étais pas près de reboire ce vin de l'agonie. Alec a porté ses doigts à son nez, il a reniflé, mais je crois que c'était par habitude, pas pour faire le malin cette fois. Même j'en étais sûr parce qu'il ne souriait pas. Comme quand on était tous à le regarder admiratifs quand il revenait d'un rendez-vous.

« Je lui ai pas encore dit tu comprends, c'est la première prise de contact, mais j'ai envie que ma première fille ce soit elle, Fabienne, putain, ce sera beau ! »

Je n'avais pas besoin de ce dernier coup de sabre.

« Bon je rentre, fais pas le con, repose-toi, et puis ça va pas de boire comme ça tout seul ? Sans rien laisser aux copains ? Ahahah ! »

Quand il a refermé la porte j'ai aperçu le paquet, son paquet oublié sur mon bureau. J'ai saisi une cigarette, je savais même pas comment faire. Sur le briquet posé à côté, un chameau beige dessiné.

J'ai ouvert la fenêtre et pour la première fois de ma vie, j'ai fumé. J'ai crapoté comme les grands qui se moquent des jeunes qui jouent aux grands. C'était dégueulasse, vraiment immonde, mais plus rien à vomir.

J'ai fumé et j'ai pensé que c'était une manière comme une autre de mourir. Parce que j'étais prêt, moi. Prêt à disparaître. Qui le remarquerait d'ailleurs ? Qui se souciait de moi ? Mon cœur ne gueulait-il pas assez fort ? Personne n'entendait-il que j'avais besoin d'amour ? C'est le cancer qui a tué maman, elle fumait même pas.

Papa a ouvert la porte pour me souhaiter bonne nuit. Il le faisait, parfois, peut-être pour me voir. Juste me voir. Apercevoir son petit dernier. Ça devait lui faire du bien. Oui, il m'a vu. Il a baissé les yeux et a refermé la porte, doucement, sans un mot. Mon pauvre papa.

Ça n'a pas duré longtemps avec Sylvia. Mais ce fut doux et secret. Je n'en ai parlé ni à Alec, ni à Fernand, ni à personne. Je ratais mon bus après les cours et Sylvia ratait le sien. On se retrouvait juste en dessous du lycée sur les bords de la rivière, on avait notre pierre à nous. Un gros rocher qui nous protégeait du monde et des autres. De cette vie souvent trop dure.

Ici, personne ne pouvait nous juger. Avec Sylvia nous étions vraiment d'accord sur cette chose, on vivait tous les deux à côté. C'était difficile à expliquer mais c'était comme si on vivait à côté de là où il fallait vivre. Je me blottissais dans ses bras et Sylvia m'embrassait. Et c'était tellement bon. Nous ne parlions pas beaucoup. Nous nous embrassions. Un baiser pouvait vibrer une heure entière. Une délicieuse éternité jusqu'au dernier bus. Fallait pas le rater sinon direction l'auto-stop. Et j'étais un peu refroidi depuis qu'un type m'avait pris au bord de la route, avait posé sa main sur ma cuisse, et m'avait dit : « Tu es jeune, tu dois avoir une belle queue. » J'avais repoussé calmement sa main, il n'avait pas insisté. Je lui avais simplement demandé de me laisser là, au bord de la route, et j'avais regardé la DS s'échapper, noire. Quand je raconte ça aux autres, j'en rajoute, je dis que j'ai balancé mon poing dans la gueule du vieux. Mais je l'avais pas fait. Personne ne sait mentir mieux que moi.

Ma Sylvia. Rien à voir avec le premier jour du presque-viol. D'ailleurs, je n'étais pas moi mais ce type désespéré qui n'avait plus rien à perdre et qui perdrait tout encore.

Sylvia m'a vraiment appris à embrasser. Vraiment avant, rien avant. Sa langue comme une amie qui venait chercher la mienne pour la taquiner, la frôler, l'enrouler, la déshabiller et puis danser avec elle. Nos langues se découvraient, comme ça, dans nos bouches. Je suivais ses conseils. Parfois, elle me reprenait : « Tu tournes à l'envers. »

On gardait les yeux fermés et puis quand j'ouvrais les miens, je m'amusais à suivre ce crâne tout nu, tout rasé, qui tournoyait doucement. Avant Sylvia, je ne savais rien, maintenant j'en étais sûr. Quand Sylvia laissait sa tête sur mes genoux, je posais mes mains comme ça doucement, presque tendrement, sur ce crâne nu. Ce n'était plus mes doigts. Juste ma peau. Et je sentais mon cœur cavaler dans nos têtes. D'autres auraient mis un bonnet pour se réchauffer ou pour passer un peu inaperçus. Pas Sylvia. Pour les autres, Sylvia demeurait la grande fille, très charpentée, pas belle et chauve. Pour moi, Sylvia incarnait l'immensité de cette triste vie. Cette vie que je n'aimais pas. Une coupure, une parenthèse. Du temps gagné sur l'existence.

Je n'ai jamais reposé mes mains sur sa poitrine. Pas que j'en avais pas envie. Quand on touche les seins d'une fille, on n'a qu'à fermer les yeux et on se retrouve avec qui on désire. J'aurais choisi Fabienne. J'étais bien avec Sylvia.

Je voulais juste Sylvia, la serrer fort, apprendre encore, à embrasser, caresser sa tête de tondue, ça me suffisait. Sylvia avait besoin d'être avec moi, c'est tout.

Personne d'autre sur cette terre ne savait ce qui se tramait tous les soirs entre 5 et 6 heures. Personne ne pouvait imaginer l'étrangeté de nos vies. Quand Alec et Fernand montraient du doigt cette fille pas comme les autres dans la cour, toujours assise au pied de l'arbre, je ne les écoutais plus. Je vivais avec cette fille une heure par jour le soir entre deux départs de bus. Une heure tourbillonnante. Une merveille tellement douce. Parfois, je réalisais que Sylvia était en train de me sauver la vie.

Le dernier jour, elle est arrivée à notre rendez-vous une rose à la main. Une rose peut-être encore plus rouge que la première. Elle me l'a simplement annoncé comme ça, oui, c'était terminé.

Sans lever la voix, sans baisser les yeux. Juste doucement. Tendrement. Aussi tendre que ses baisers. Elle n'a pas voulu qu'on s'embrasse une dernière fois. Elle m'a juste souri. Je savais maintenant que Sylvia n'était pas la laide fille étrange du lycée. Je savais maintenant que Sylvia était très belle. Elle m'a pris les mains, et les a mises sur sa tête comme ça. Elle souriait toujours. Et moi, moi je la suivais dans sa tendresse. Elle a fermé les yeux quand elle m'a annoncé : « J'aime une fille. Elle ne m'aime pas encore, mais je pense tellement fort tout le temps à elle qu'elle finira par m'aimer. J'ai adoré être avec toi, et puis tu embrasses très bien, mieux que certaines filles. Merci de ne m'avoir rien demandé. Je ne veux rien savoir de toi non plus. Et si un jour je croise ta maman je lui dirai combien son garçon est bien élevé. » Et puis elle a ouvert les yeux : « Enfin parfois. »

On a rigolé. Et nous nous sommes serrés une dernière fois. Très fort. J'aurais aimé faire un jour, une nuit ou une heure l'amour avec Sylvia. Je suis sûr que ce moment qui n'existera jamais aurait été sublime. Je lui ai dit tout ça. Normalement, calmement, comme on raconte sa journée d'école à une maman morte. J'imagine qu'on dit tout à sa maman, je sais pas. Avant de nous quitter, elle m'a promis qu'elle m'aiderait à trouver la fille, la bonne, celle qui m'accompagnerait pour percuter la vie en douceur. Et alors on parlera vraiment et je te raconterai tout.

On avait décidé de monter ce groupe, peut-être au fond de nous depuis toujours. Dans le village, y avait ce vrai groupe de grands, Alix. Ils répétaient, jouaient, s'amusaient, c'était extraordinaire à voir, à écouter, un monde à part. De l'autre côté d'une barrière qu'on aurait tous voulu franchir. De l'extérieur, on les voyait avaler la vie à plein cœur et ça donnait sacrément envie tout ça.

Y avait cette belle bassiste, Britt, et cet étourdissement qui sortait de son ampli. J'ai tout de suite su que je voulais faire comme elle. Et puis ce chanteur, Pascal. La voix, les voix de Bono et de Jim Kerr réunies. N'en fallait pas plus. Avec les autres, on avait à peu près ce qu'il fallait pour monter un groupe : une basse, une batterie, une guitare, Nico a choisi la guitare direct. Alec voulait taper taper. Je voulais être Britt, j'ai choisi la basse. Une seule corde suffisait. On a poussé Fernand vers le micro, il s'en fichait.

Les parents de Fernand nous avaient laissé leur maison pour toute une nuit. Partis réveillonner, ailleurs. Alec, Nico, Fernand et moi, tu vois l'équipe.

Quand on a fait les courses pour préparer la soirée, Fernand a annoncé qu'il cuisinerait. Ça m'arrangeait. Un supermarché désert, les gens déjà heureux, planqués en famille chez eux, on a choisi le poulet le plus gros. Et puis des chips et du Coca. Pas d'alcool, on l'avait promis aux parents de Fernand, et c'est important une promesse. Papa me disait toujours : « Je sais que tu peux faire n'importe quelle bêtise dans mon dos, mais je te fais confiance. »

Cette confiance, je ne pouvais pas la trahir. Les autres parfois osaient de vraies conneries, des trucs dangereux, je ne les suivais pas là-dedans. Pas que j'avais peur, mais j'avais toujours l'ombre de la confiance pour me taper sur l'épaule. Alec était sûrement le plus barjo. Il faut dire que son père n'était pas évident. Il lui laissait rien faire, de rien. On avait quinze ans quand même. Eh bien, interdiction pour lui de sortir après 21 h 30 le soir, même l'été. Quand tout le monde traînait là, sur la place, le bon moment vraiment, c'était là. Les filles qu'on avait draguouillées à la piscine l'après-midi, le soir sur la place, on leur sortait le grand jeu. Là que tout se jouait. Une magie d'été sur la place du village. Ça ressemblait vraiment à la vie. La vie, mais celle qui faisait du bien. Il m'était arrivé de pleurer en rentrant à la maison après avoir échangé juste quelques mots avec une fille. Vrai.

Parfois, on s'effleurait les mains et ça faisait comme une déflagration. Le ventre cognait et puis les poumons aussi. Ça me le faisait parfois aussi quand je me concentrais et que j'observais un petit enfant, cinq, six ans, qui courait après un ballon. Je le guettais depuis le parapet en haut du café Chez Jeanine. À quoi il pouvait bien penser le môme ? À courir, juste à courir après son ballon rouge, ça me tuait. Et puis il attrapait le ballon et puis il cherchait du regard autour de lui et puis il souriait, et au bout de ce sourire, sa maman si fière qui sourirait à son tour. Ce moment-là, ça me tuait. Il suffisait que je repense à cet instant si beau, si pur, l'innocence, quand je me retrouvais au fond de mon lit et c'était parti. Je pleurais, et j'aimais sûrement ça.

Mais là, c'était pas Renaud que j'écoutais. Renaud, je me le réservais pour pleurer sur une fille. Plutôt *Le Printemps* de Vivaldi, celui de maman dans la cour de récréation. Mais là ça m'aurait fait trop penser à maman. La bonne musique venait de ce groupe, U2. Je passais les albums, *Boy* ou *October*, comme ma vie sur la platine et ça démarrait. J'y étais. Un jour j'irai là-bas. Je ne le connaissais pas ce pays, l'Irlande, mais un jour j'irai. Vers l'excitation illimitée. Sans la connaître, l'Irlande devenait pour toujours le pays où j'avais décidé de mourir. On appartient au pays où on a décidé de mourir. C'était l'Irlande. Et pourquoi ? Pour U2. Pour la musique mystérieuse, cette voix et tout ça d'incendiaire qui me faisait chialer.

Il suffisait que je regarde ce groupe de quatre amis pour la vie qui fixait l'éternité. Comme Joe ? Les vrais, les indestructibles, ceux-là à qui on donnerait tout, ceux que l'on suivrait n'importe où, ils savent où se cache l'éternité. Ça me faisait chialer comme si j'ouvrais une grande porte avec la lumière puissante presque aveuglante derrière la brutalité.

Je m'allongeais sur le lit les yeux brûlés tout en haut, alors ça démarrait. Eh bien, faut me croire, sans le connaître, je reconnaissais ce pays. Là-bas que j'irai. Un jour, je m'échapperai, je vais le dire, oui, je m'échapperai de la nuit. Et puis ces quatre gars de U2, on aurait dit nous, Alec, Fernand, Nico et moi. Nous : bon fallait peut-être changer le nom de notre groupe. Mais c'était évident, plus qu'évident même, un signe sous les yeux. Ça faisait toujours sacrément du bien de repenser à tout ça.

À la mort de maman, un ami de mon père, M. Zeninsky, avait déposé cinq cents francs sur notre compte postal, celui de Sandra, Aldo, Gina et le mien. Une petite fortune « pour un démarrage dans la vie », il avait dit. Il était vraiment gentil M. Zeninsky, le genre d'homme qui aurait jamais laissé tomber mon père. On devait également lui inspirer pas mal de peine ou de pitié. Ou les deux. Des enfants si jeunes sans maman. En tout cas, sur un compte postal, cinq cents francs, dix ans plus tard, t'as au moins cinq cent dix francs avec les intérêts. Tu ferais quoi avec cinq cent dix francs ? Eh bien moi, toutes ces années après, j'ai dévalisé le compte et je me suis payé les trois premiers albums de U2, les trois premiers trésors qui devaient éclairer ma vie. *Boy*, *October*, *War*, je les dois à M. Zeninsky. Comment j'ai découvert U2 ? Grâce à ce garçon de nulle part, Pascal, qui a débarqué dans notre village à l'été 83. On était tous là sur la place et ce type qui passait et repassait, bizarre une voiture de vieux, une Ami 8. Mais complètement relookée. La carrosserie recouverte de signes cabalistiques peints en blanc. On a regardé ce type passer puis repasser encore sur la petite route devant, en face de Chez Jeanine, et ces mots écrits en gros, des mots en anglais, comme des slogans. *Sunday, Bloody Sunday*, *New Year's Day*, *Seconds*, *Two Hearts Beat As One*,

Surrender. À l'intérieur de la voiture, un autoradio crachait une musique nouvelle, et le chanteur qui hurlait : « *How long to sing this song ?* » Je ne sais pas si c'est le sourire ou bien cette voix qui jaillissait, quand il s'est arrêté devant moi, j'ai grimpé à l'intérieur du tank irréel, et comme l'autre taré à côté de moi, j'ai hurlé par la vitre au monde entier ces deux syllabes qui allaient changer ma vie : « *You too !* » La guerre de ma vie venait de foutre le feu.

Pascal est devenu le chanteur du groupe de notre village, Alix. Quand U2 est passé en concert à Toulouse, c'est Pascal qui m'a emmené, vous imaginez ?

Fabienne était tellement heureuse pour moi, elle m'avait dit : « Tu crois que tu ramèneras un autographe du chanteur ? » Et alors, vous me prenez pour qui, et vous croyez quoi vous ? J'étais sacrément excité, c'était mon premier vrai concert. Depuis celui que j'avais raté d'Annie Cordy. J'avais six ans.

On était en plein milieu d'après-midi et la foule comme des pèlerins éblouis devant la grotte de la Vierge, aux portes du Palais des sports de Toulouse. Et nous, au milieu de tous les autres. J'ai eu subitement très envie de pisser comme une intuition rare, l'intuition de l'élu, à cet instant j'étais l'élu. Je me suis éloigné du reste du monde, j'ai contourné le bâtiment pour aller pisser paisible. Bono m'attendait. Il était là, tout seul. Tranquille dans une veste marron clair à franges, en daim ; derrière lui, à l'intérieur, son groupe répétait *Pride*. Tout ce truc sur Martin Luther King que j'arrêtais pas de fourrer à Louise. La puissance d'une chanson quand même, ce type, MLK, ce pasteur que j'avais même pas connu, j'étais pas né, et j'étais quand même triste et touché qu'il se soit fait descendre le 4 avril 1968, triste à cause de cette foutue chanson. Bono m'a jeté un regard si doux, si pur. Vous allez me dire que c'est facile de raconter qu'un gars a le regard pur quand on l'admire, eh bien c'était pas ça du tout. Bono m'a transpercé de ses yeux clairs, si bleus, encore plus profonds que ceux de mon grand-oncle Angelo. Dieu a signé mon ticket et moi comme un petit débile, « Fabienne, Fabienne, Fa-bien-ne », je savais pas quoi dire alors j'ai répété ce nom, et l'autre qui comprenait rien. Mon amour, t'as vu, je t'avais pas menti ! Quand je suis parti, j'ai réussi à prononcer les mots : « C'est magnifique ! » et Bono a souri vraiment. J'aurais pu mourir là. Je n'avais jamais croisé cet homme avant. Mais c'était mon ami. Sans me connaître, ce type savait que j'étais prêt à mourir pour une fille qui s'appelait Fabienne. Un jour je m'échapperai, et j'irai le retrouver là-bas en Irlande. Et alors on parlera vraiment et je lui raconterai tout.

J'ai regardé mon ticket, y avait bien marqué Bono. Cette nuit-là, à la fin du concert, que dis-je, de l'épopée, Bono a annoncé au micro devant une foule extatique : « Nous allons pousser les amplis à fond pour tous les gens qui n'ont pas pu rentrer au concert ce soir et qui sont coincés dehors. » Une tornade de nerfs. La musique injectée dans tous les recoins de la salle. Et j'ai vu enfin la vérité, mon petit cœur a explosé. Là-bas, là-haut sur la scène.

Alec, il pouvait pas vivre tout ça comme nous. La faute à son père. Mais à notre âge, c'était pas possible de nous contenir. L'autre nous savait sur la place en train de draguer les jolies estivantes, de brûler. Et puis, lui, condamné dans sa piaule, tout en haut du troisième étage, pas possible. C'était pas bien ce qu'il faisait son père, vraiment pas bien. La maison s'endormait et Alec, comme dans les films, nouait des draps entre eux et passait par la fenêtre. Trois étages. Mais comment faire autrement ? La sève qui montait et tout ce qui vivait à l'intérieur, et le corps qui se transformait, qui craquait presque.

On comprenait pas tout, mais à nos âges tout explosait autour et on ne demandait qu'une chose, exploser avec.

À chacun de nos souffles, on sentait les coups de poing, les coups de rangers, le pogo magnifique. Tout au fond de nos ventres vides, ça faisait mal et ça brûlait encore et c'était bon, et que tu viennes pas nous parler de carrière ou de retraite, on t'aurait balancé tout en bas dans la rivière.

La soirée s'annonçait grande.

Pour ce réveillon, on se ferait une soirée vidéo. Alec était passé prendre trois films à la vidéothèque de Prades. Des milliers de films, il nous a dit. Et puis cette cassette, *Les Survivants*. L'histoire de ces types qui se mangent entre eux, dans la cordillère des Andes. L'avion qui s'écrase et les survivants condamnés à se bouffer. Tu parles d'un premier de l'An. On faisait l'apéro dans le salon en parlant du groupe. La maison de Gillette et d'Aurelio à nous tout entière. Quatre morveux dans une maison pareille. Je me souviens que j'étais heureux. Alec disait qu'il en était sûr, on finirait par devenir le plus grand groupe du monde. Nico était celui de nous tous qui savait un peu jouer. En tout cas, sa guitare était exactement ce qu'il nous fallait, le son des Ramones. Nicolas était moins sûr de tout ça. Et puis, d'autres musiciens étaient venus l'approcher. Il nous a dit ça tranquillement. Fernand cassé de rires.

« Un groupe, c'est un groupe », j'ai dit ça parce que je le pensais.

« Si on quitte un groupe, c'est comme si on laisse ses camarades se faire tuer dans la tranchée. »

Fernand ne riait plus du tout.

« Joe Strummer n'a jamais quitté son groupe. T'as vu ses yeux ? Joe Strummer dans ses yeux, on le voit, on voit tout. Il pourrait mourir pour son groupe. »

Nicolas baissait la tête. Alec tapait un rythme, toujours le même, sur son jean, avec le plat des mains. J'aime pas les traîtres. Au bout d'un moment, une odeur épouvantable. On est tous allés voir. Le poulet cuisait normalement, mais ça puait, ça puait vraiment. Fernand a ouvert le four et là, cette chose qui frémissait dans le plat. Des bulles de graisse pétaient de partout, on aurait dit une grand-mère, le cadavre d'une grand-mère qu'on aurait essayé de faire disparaître en la cuisant. Une vision d'horreur, un charnier, la fumée sortait de partout, des cuisses, du trou du cul de l'animal. On a ouvert grand les fenêtres, horrifiés. Fernand regardait sa vieille dans tous les sens. Il semblait pas trop gêné par l'odeur de la mort qui s'échappait de son plat. Alec, la gueule jetée à la fenêtre, a osé le premier.

« Ton truc là, moi j'y touche pas, je meurs pas ce soir mec. » J'ai pris une longue inspiration et je suis venu ausculter de plus près la carbonisée. Un bout de merde noire essayait de sortir d'entre les pattes. Un truc gros comme le poing, sans forme.

« C'est quoi ça ?

— Ahahah ! » Fernand était secoué, pouvait plus s'arrêter.

« J'ai oublié de vider le poulet. Ahahah ! »

J'ai pas pu. J'ai couru à mon tour jusqu'à la fenêtre la main sur la bouche. On était frigorifiés, mais ça puait trop. On ne pouvait plus fermer les fenêtres.

Alors, Alec l'a regardé. Il l'a regardé pas méchamment, juste étrangement, son pote qui gardait ses bras en bas devant son œuvre, comme si de rien.

« Mais, t'es un grand malade ! »

Alec observait Fernand vraiment comme on regarde une chose étrange.

« Tu le savais toi qu'il fallait le vider ce poulet ? »

Il a dit ça vraiment sérieusement Fernand.

Nico s'y est collé. Avec deux torchons, il a empoigné le plat et a tout balancé par la fenêtre, celle qui donnait sur le jardin derrière, impossible de laisser ça, même dans la poubelle. Cette nuit-là, on a mangé des chips et bu du Coca devant un film où les types se bouffaient entre eux.

Je regardais les images sans vraiment les voir.

Je crois que pour les autres c'était pareil. À force de fouiller partout, dans tous les tiroirs, Alec a fini par trouver un cigare et un fond de whisky dans une bouteille cachée par Aurelio.

« Ahahah, je ne savais pas que mon père planquait ces trucs-là. » Fernand pulsait de rires.

Alors, j'ai repensé à tout ça. À toute cette année juste derrière nous. À mes amis que j'aimais plus que tout, à la guerre à la maison, à Fabienne, ça faisait pas si longtemps qu'elle traînait avec Alec et il fallait que je supporte ça chaque fois. Et si c'était pas lui c'était elle.

« Merci Bruno, c'est grâce à toi. »

Et tout ça.

Et merde !

Et puis si Nicolas voulait partir, qu'il se barre !

Ce groupe, Police, ils n'étaient que trois après tout, et ça se passait pas trop mal pour eux, même si je trouvais ça louche, un groupe qui passait trop à la radio.

Un groupe punk, ça passe pas à la radio. Les radios, je leur pissais au cul. Mon groupe punk, ma meute. Pas besoin de radio pour dévorer le monde.

Je sais pas comment ça a atterri. Alec l'a dit comme ça. Plus personne s'intéressait trop aux images sur l'écran. Il a tiré une grande bouffée sur le cigare et a craché la fumée en défiant le plafond. Je crois que ça puait presque plus que le poulet pas vidé. Il savait faire des ronds avec la fumée depuis quelques jours, Alec.

« N'empêche, la grosse Sylvia, ça doit être quelque chose au lit… Vaut mieux être dessus que dessous ! Et puis son crâne, t'as vu son crâne ? Ça ferait une super pochette d'album pour le groupe ! »

Fernand faisait sous lui, Nicolas ne regardait personne. Juste rien, devant lui, devant ses pieds de traître, peut-être était-il déjà avec son prochain groupe.

Il en savait quoi Alec des filles ? Rien.

Et puis Fabienne, elle ferait pas ça avec lui c'était sûr. Fabienne, une princesse. Et puis, je l'avais vu l'autre jour, comment ils s'embrassaient avant de monter dans le bus. Alec la maintenait bien fort, pas Fabienne. Il avait ses mains agrippées à son dos, juste en haut du dos, pas ailleurs. Pas un baiser de ceux qui l'avaient déjà fait. J'y ai repensé après, que c'était un baiser de débutant. De début en tout cas. Bien sûr, ils avaient peut-être mis la langue, mais Fabienne regardait ailleurs, j'étais formel. Fabienne n'avait pas les yeux fermés de la fille qui se laisse aller au ravissement. Elle était pas prête Fabienne, j'en étais sûr. Fabienne avait besoin d'une histoire, d'une histoire vraie.

Un jour, elle m'avait dit que son désir le plus fort serait de trouver le garçon différent. Qui accepterait d'appeler leur enfant Antoine… et moi j'avais rien dit sur le moment. Mais à la cantine, je lui avais dit que j'adorais le prénom Antoine. Et puis Florence, l'autre meilleure amie de Fabienne, elle avait dit autre chose, alors on avait parlé d'autre chose. Mais je l'avais dit moi que j'aimais ce prénom. Je n'ai pas su comment Fabienne avait réagi, parce que je n'avais pas osé la regarder dans les yeux. Et puis Alec ne m'avait jamais fait sentir ses doigts depuis qu'il sortait avec Fabienne. Parce qu'il n'y avait rien, rien du tout.

Un jour, je me balancerai au bout d'une corde et ils me retrouveront comme ça. J'espère qu'ils seront tristes, vraiment tristes. Ça leur apprendra, parce que je souffre et je ne sais plus à qui le dire tout ça.

Ma sœur Gina m'a bien posé des questions l'autre soir, je pleurais tout seul dans ma chambre en écoutant Renaud, et puis elle m'a demandé ce qui se passait dans ma tête, et j'ai rien dit, pas pu. J'ai dit que je pensais à maman, mais c'était pas vrai, rien dit d'autre parce que tous des traîtres. Y a un morceau de Dire Straits qui me faisait pleurer aussi quand je pensais à Fabienne, le dernier de l'album live, bizarre parce que c'était un morceau rempli de saxophone et j'avais horreur du saxophone. En tout cas, je ne pourrais jamais dire aux autres que j'écoutais du Dire Straits avec du saxophone en plus. Pas possible. Il fallait écouter du punk et c'était tout. Ils pourraient m'accrocher sur un rail avec du goudron et des plumes rien que pour ça. Si Fabienne me retrouvait pendu, j'espérais qu'elle penserait à fouiller mes poches. J'aurais pas laissé de lettre, juste ce prénom sur un bout de papier mouillé : « Antoine. »

On commençait tous à fatiguer, plus personne ne bronchait. Fernand s'amusait à marquer des paniers sur la télé avec des cacahuètes. Il shootait avec le geste auguste du basketteur contre la télé. Y avait une fille, une rousse, chaque fois qu'elle passait à l'écran, Fernand la canardait.

« Ahahah… Trois points. Poil de carotte ! »

Alec sirotait son verre de whisky en se balançant sur sa chaise, je pense qu'il trempait ses lèvres mais c'était tout. Le niveau du verre était toujours le même. Besoin de jouer au dur, le tendre Alec.

J'ai bondi de ma chaise et j'ai attrapé son cou à deux mains, on est tombés tous les deux par terre. J'ai tapé fort sur sa joue avec le poing fermé, il a rien compris.

« Sylvia, elle t'a fait quoi, Sylvia ? »

Alec était maintenant sous moi, il ne réagissait pas, il avait lâché son verre et me regardait sans bouger, sans comprendre avec ses grands yeux crus, tout verts, encore plus verts que les chutes Victoria. Peut-être avait-il tout compris. Ne réagissait pas, Alec, rien, et Fernand et Nicolas non plus, rien du tout. Juste moi qui gesticulais comme une pieuvre. J'ai serré fort le poing et j'ai visé le nez de mon ami, de mon frère. J'ai hurlé.

« Et puis on avait promis ! Tu t'en fous toi des promesses ! Pas d'alcool ! On avait dit pas d'alcool ! »

J'ai serré fort une main d'Alec dans ma main, j'ai tiré sur son bras et j'ai frappé mon visage avec son poing. Je me suis frappé moi-même avec son poing, une fois, deux fois, fort plus fort, Alec se laissait faire, un pantin.

« Tape-moi ! Tape-moi ! Allez, tape-moi, fais-moi du mal ! Putain, fais-moi du mal ! »

Je gueulais fort. Et puis j'ai tout lâché, et puis j'ai même pas essuyé les larmes qui franchissaient mes yeux.

« Vous savez quoi bande de connards ? Sylvia, elle vaut mieux que nous tous ! Sylvia, c'est tout ce que vous ne respirerez jamais, la beauté ! Et vous savez quoi ? Vous me dégoûtez ! Et toi, putain de traître ! »

Je me suis retourné pour poignarder Nicolas.

« Tu peux te barrer ! Tu nous manqueras pas ! Et puis tu sais pourquoi je t'ai jamais montré ma bite ? Parce que ma bite, je la montre à mes vrais amis ! Et puis je suis sûr qu'elle est plus grosse que la tienne ! Mais moi je suis un mec bien ! Moi je ne dis pas de saloperies sur les filles comme ça dans leur dos ! Et puis tu vois, j'ai pas voulu te faire de la peine, parce que je suis sûr que t'en as une petite, sale traître ! »

Je me suis relevé, j'ai fait le tour de la table et je suis sorti dans la nuit. Et j'ai encore gueulé :

« Et puis, j'écoute Dire Straits ! »

Les trois ombres dans la pièce ne l'ont pas ouverte. Je suis parti seul dans le froid, dessous la lune qui se foutait de ma gueule.

J'étais frigorifié. Sous ma veste, mon tee-shirt préféré, celui des Clash. Dessus, les silhouettes de ces quatre types qui s'aimaient plus que tout en train de changer le monde. J'aimais bien ce nom, Clash, écrit en rouge, comme des braises dans la nuit.

Ce soir, notre groupe en avait pris un sacré coup. Pénétration Anale battait de l'aile et du fémur, c'était peut-être fini d'ailleurs, sans avoir joué le moindre concert, à cause de moi. Les filles, ça a tué plus d'un groupe, et j'étais tombé dans le panneau. Mais ce n'était pas de ça dont on parlait, non. C'était beaucoup plus que ça, tout autre chose. Nous parlions de l'amour, merde. Et puis on verrait demain, et puis j'ai tendu le bras au bord de la route à peine éclairée, et ce type s'est arrêté, la seule voiture qui m'embarquait, le coup de bol qui n'arrive jamais. 4 heures du mat. Le type n'a pas posé de questions quand je suis monté, lui aussi allait sur Vernet. Je me suis dit que la chance avait tourné.

« Les mouches avaient changé d'âne », comme dirait Aurelio.

À quoi reconnaît-on un frère, un ami ? Un ami pardonne tout.

Un ami pourrait mentir la main droite sur la Bible pour te sauver la mise, pourrait se sacrifier, s'allonger sur les plaies qui lui passeraient dessus sans te brûler. Et vous savez quand on a trop bu, vraiment trop bu, quand on ne se souvient plus de rien, de toutes ces bêtises qu'on a faites ou dites, quand on se réveille un peu honteux, perdu. Vous savez ça ? Un ami te dirait de ne pas t'inquiéter, tout va bien, tout ira bien. La vie est supportable quand on a un ami.

Quand on s'est retrouvés pour la répétition, les autres ne m'ont pas parlé de cette horrible soirée de réveillon. Je n'étais pas fier quand même, mais rien, personne n'a reparlé de tout ça. Comme si cette soirée n'avait jamais existé. On a joué un bout et tout de suite je me suis senti à nouveau à ma place. Et puis, à un moment, je les ai regardés.

« Pardonnez-moi les gars. »

Alec a reniflé ses doigts.

« Je ne vois même pas de quoi tu parles. »

Et puis :

« Tu veux qu'on reprenne un morceau de Dire Straits, tu sais celui avec du saxophone ? »

J'ai plusieurs fois tenté de recroiser l'immensité de Sylvia. À la cantine, je me suis retrouvé juste derrière elle, dans la file, pour aller récupérer nos plats. J'ai approché ma bouche doucement, discrètement, j'ai soufflé, et plus fort que ça, elle ne pouvait pas ne pas ressentir mon souffle sur la peau de son crâne nu. Les autres ne se doutaient de rien.

Ça rigolait derrière mais pour tout autre chose. Alec était en train de raconter comment il avait glissé un lézard vivant, enfin à ce moment-là vivant, dans la trousse du cartable de Laurent Solaz. Ce type me fascinait, tandis que les autres le trouvaient énervant. À son âge, à notre âge, il savait tout. Tout sur tout. Même encore plus que tonton Octave. Mais pas pour faire le malin. Juste parce qu'il savait. L'était même plutôt gentil, ce garçon. L'autre jour, au cours d'histoire de M. Charley, il m'a même laissé lui piquer quelques trucs par-dessus l'épaule. Une interro surprise de vocabulaire. Il fallait trouver des définitions, il y avait ce mot, « lobby ». J'ai tout pompé sur Laurent Solaz.

« Lobby : groupe de pression. Un lobby défend ses valeurs et intérêts auprès des décideurs politiques. »

Quand M. Charley a rendu les copies, j'avais presque honte d'avoir juste. J'avais des scrupules de passer pour « quelqu'un d'intelligent ». Lobby… Quand on fait partie de Pénétration Anale, on ne connaît pas le mot « lobby ». Un soir en attendant le bus, Laurent Solaz m'a expliqué qu'il lisait une page de dictionnaire par jour avant de s'endormir…

Sylvia s'est retournée. Elle ne m'a plus rien donné. Dans ses yeux, une immensité vide, une fille désertée. Comme si elle ne me reconnaissait pas, ne me connaissait pas plus que les autres crétins qui déconnaient derrière moi. Comme si elle avait noyé les heures que nous avions partagées en bas, au bord, près de la rivière, tout au fond noyées. Un jour je raconterai tout ça.

Et puis juste avant de rentrer en cours, j'ai senti à mon tour une présence dans mon dos. Sylvia. Sylvia me fixait. Depuis le fond de la cour. Maintenant c'était sûr, pas de doute, elle avait posé son épaule contre l'arbre, notre arbre, c'était de là que j'avais regardé s'éloigner les deux fantômes que j'aimais le plus au monde, Alec et Fabienne. Grâce à moi, ils partaient s'aimer avec la force de la pureté de leur jeunesse. À cause de moi, je souffrais et j'allais souffrir sans fin.

Quand Sylvia a réussi à attraper mon regard, elle m'a lancé un petit signe, un petit signe du presque-amour. Un seul pauvre signe et mon ventre se déclenchait. Complètement retourné, en manque. Sylvia a pointé son doigt comme ça sur le tronc de l'arbre et l'a gardé tendu un petit moment. Elle semblait vouloir me montrer quelque chose.

Et puis, la lumière s'est éteinte à nouveau. Elle a baissé les paupières pour retrouver son monde loin de nous. Loin de moi.

Je n'existais plus. La sonnerie a tout aplati devant la porte du cours de Mme Bataille, la professeure d'espagnol. Sylvia ne m'a pas regardé une seule fois pendant cette heure. Au bout d'un moment, j'ai prétexté un mal au ventre terrible, je me suis courbé sur le bureau sans en faire trop je crois et j'ai levé la main. Mme Bataille a soupiré quand je l'ai suppliée de rejoindre l'infirmerie. « Vas-y », elle a fait, dépitée. Elle n'y croyait plus, pourtant j'aurais aimé avoir de bons résultats, au moins en espagnol, pour faire plaisir à papa et à mémé Pilar aussi. Papa aurait bien eu besoin de mes forces, que je lui ramène quelques bonnes notes à la maison. Impossible. Et j'ai couru comme un dément à travers la cour jusqu'à l'arbre.

Sylvia voulait me montrer quelque chose, c'était clair. Et ce quelque chose se cachait dans l'arbre qu'elle pointait du doigt tout à l'heure. La cour était vidée de ses élèves, tous en classe à cette heure. J'ai pris mon temps pour ausculter le tronc de l'arbre seul. Tout inspecté, les racines, les feuillages, enfin ce qu'il en restait, la cicatrice qui envenimait le tronc du devant. Rien, il n'y avait rien de particulier, sinon quelques messages d'amoureux : A = C et puis A + C = AE. AE, c'était pour « Amour Éternel » sans doute. Ou « Admirable Éden » ? Tous ces messages au canif dans le ventre de l'arbre. C'est idiot de saigner un arbre pour ça, j'ai pensé. Mais quand on est amoureux, on peut être complètement ridicule. Et je sais de quoi je parle. Alors, j'ai aperçu ce bout de papier rose plié et coincé derrière une des dernières écorces qui habillaient le tronc. Rose comme la rouge de la première fois. Cet arbre qui aurait pu pousser tranquillement dans une forêt au milieu d'autres arbres. Il avait fallu qu'il pousse ici, seul dans un lycée de petits cons irrespectueux. En même temps, ici, c'était lui le héros. L'arbre de la cour du lycée. Et mon cœur qui manquait de… Qu'est-ce que tu voulais me dire Sylvia ? Tu ne me regardes même plus depuis… Je n'existe plus, alors pourquoi maintenant, j'ai pensé.

Je ne savais pas grand-chose d'elle, de sa vie, mais lors de nos rendez-vous, j'avais découvert le plus beau niché au fond d'elle, la bonté. Quelque chose qui s'allumait, qui irradiait, comme cette apparition de ma maman du bord du lit. Perdu dans ma nuit, c'est Sylvia qui avait éclairé mon chemin, des bougies tout autour, un sentier que je devais suivre. Celui qui conduit là-bas. Celui que j'emprunterai un jour pour m'échapper définitivement. Tout au bout, tout là-haut, la pureté innocente.

J'ai déplié le bout de papier, et j'ai lu ce prénom en plein milieu au stylo rouge, comme la rose, Patricia. Et puis la classe juste à côté, terminale A. Alors, tout m'est revenu, limpide. C'était ça, Sylvia avait tenu parole. Elle m'indiquait le chemin à suivre, la fille à aimer. Celle qu'elle avait choisie pour moi. Tout comme elle me l'avait dit. Ma première fois. Sylvia avait choisi ma première fois. J'en aurais pleuré. J'ai trouvé ça fou et terriblement touchant. J'ai replié le mot et l'ai glissé dans ma poche. Patricia, terminale A.

Quand je suis retourné en cours, Sylvia n'a pas levé les yeux. Rien. Pourtant je savais. Je savais qu'elle savait que l'heure approchait et qu'il me faudrait le vrai courage.

Patricia, terminale A. Cette fille avec qui je devais partager le plus grand moment, en tout cas le passage crucial, avait donc au moins deux ans de plus que moi. Plusieurs vies. Elle devait en connaître.

Mon côté sombre a repris. Pourquoi devrais-je le faire avec une fille que je ne connais pas ? Hein ? Et si elle ne me plait pas ? Et si je ne lui plais pas ? Non, Sylvia me proposait de coucher avec cette fille immédiatement, et c'était parce que la Patricia en question était au courant, et qu'elle était d'accord. Sûr. Immédiatement ? Et puis, on ne nous demandait pas de passer notre vie ensemble non plus. Je ne connaissais pas vraiment Sylvia, oui par les baisers je la connaissais, je savais que je devais la suivre. Ce sont les baisers qui disent vrai, c'est quand la langue te touche. Je m'étais souvent trompé en suivant mes intuitions, mais peu importe, j'étais prêt à me tromper encore. Alors, je l'ai suivie.

Je ne pourrais jamais raconter ça à Fabienne, jamais. Nous n'avions construit qu'une belle et terrifiante amitié. Ça aurait pu être merveilleux une relation d'amitié entre un garçon et une fille. Hey ! J'en voulais plus moi ! Beaucoup plus ! Hey ! Mais moi j'aimais Fabienne ! Je l'aimais d'amour. J'aurais pu tromper n'importe qui, mais pas moi-même. Je l'aimais vraiment, je pleurais seul, tous les soirs en écoutant des musiques tristes, à faire pâlir la mort. Et Fabienne était de mes larmes. Ce n'était pas un signe, ça ?

Tu parles. J'étais fou de cette fille que j'avais moi-même jetée dans les bras de mon meilleur ami. Quand j'y repensais, ça me faisait presque rire. Pas plus doué que moi pour bousiller la beauté. Et puis voilà que maintenant j'avais rendez-vous avec la vie. Ma première fois. Un truc qui devait être inoubliable, grandiose, une fougue qui allait déterminer toutes les autres, ça devait au moins compter comme double, la première fois, non ? Et je devrais faire ça avec une fille que je ne connais pas, que je n'aime pas, qui ne m'aime pas ?

La noirceur me surexcitait. Fallait que j'en parle à quelqu'un. C'était trop lourd tout ça, fallait que je vide mon ventre. Je devais raconter. Ça devenait dangereux de rester seul avec ça. Ça pourrait enfler, se dilater comme une morsure de scorpion, et risquer de me jeter par la fenêtre. Je respirais pas bien, avec la boule coincée. Le dire à qui ? Pas à Fabienne, pas possible.

J'avais l'impression de la tromper, d'ériger quelque chose d'horrible dans son dos, mon amour. J'allais la détruire, l'enfoncer, elle ne s'en remettrait pas. Enfin, c'est ce que j'espérais, voilà, qu'elle ne s'en remette jamais, qu'elle s'effondre un bon coup, qu'on la retrouve anéantie, broyée de larmes et qu'elle m'aime à crever.

J'ai traîné autour du troupeau qui se préparait à rentrer en cours. J'étais comme ce cow-boy qui fait tournoyer son lasso dans le vent avant de le lancer pour ramener les bêtes dans l'enclos. Ou comme ce chien errant battu, qui renifle la bave aux babines le cul d'autres chiennes. Définitivement, j'étais le chien.

Il y avait deux Patricia en terminale A. Une toute petite, avec des lunettes rondes et dorées, des chaussures neuves. Elle portait un gilet bleu, en laine délicate, le genre de fourrure offert par une grand-mère. Je me suis concentré et j'ai aperçu cette petite Vierge dorée autour de son cou. Son pantalon côtelé en velours crème tout neuf lui aussi.

C'est quand elle a attrapé son cartable que j'ai compris que c'était pas la bonne. Pas possible. Le cartable idéal, en cuir noir, pas abîmé du tout, lustré même, de ceux qui se ferment soigneusement sur le devant avec la petite cloupinette. Je suis sûr qu'à l'intérieur, tout était parfaitement rangé et que ça devait sentir le veau tiède. Joe vomit les tièdes.

Cette Patricia était loin d'être laide, mais son visage n'avait pas vu encore le loup. Comment dire ? J'étais certain en la scrutant qu'elle n'était pas passée de l'autre côté. Elle n'avait pas franchi, pas encore. On devinait largement que fricoter avec les garçons n'était pas sa priorité et ne le serait sûrement jamais. Non, ça pouvait pas être elle. Cette fille n'avait rien d'une fille qui devait tout m'apprendre.

En nous imaginant faire l'amour, j'ai eu du mal ne serait-ce qu'à nous voir nous dévêtir. La maladresse, ça peut toucher, mais là… Et puis, je me suis imaginé remuant sans savoir remuer sur elle. Elle aurait les bras en croix, comme ça, ou peut-être fermerait-elle ses yeux déjà bien plats que ça serait encore pire. J'ai stoppé illico quand je me suis vu le front en sueur giclant de violentes gouttes sur le petit médaillon doré à odeur de veau. Non, cette Patricia n'était pas notre Patricia.

L'autre, tous les autres l'appelaient Patou… Non mais Patou ! J'aurais jamais accepté qu'on m'appelle Patou. Quitte à prendre un surnom, j'aurais imposé Patti. Patti. Patti Smith quoi !

Eh bien, vous savez quoi, cette Patricia avait vraiment l'allure de Patti Smith : des cheveux corbeau, un maquillage tout noir qui soulignait des yeux tristes. J'aime les yeux tristes, ça attend du bonheur. Une chemise blanche trop grande qui malgré tout laissait deviner une poitrine de vraie femme. Sans soutien-gorge. Wouahhh ! Libres pour les rebondissements. Et son jean qui avait sûrement vu St. Mark's Place. Déchiré au genou gauche. Et puis ces baskets blanches, Stan Smith, d'accord tout le monde en portait, enfin, ceux qui pouvaient, mais elle avait dessiné un gros point rouge sur le bout de sa chaussure droite. Tu piges ? Le trou au genou à gauche et le gros point rouge comme celui du drapeau japonais à droite, tout au bout de la chaussure. Mais le symbole que c'était.

Quand elle déboulait dans un couloir du lycée, elle infusait le rock'n'roll par sa peau, presque punk. Non, le punk, c'était nous, enfin surtout Alec et Fernand avec leurs crêtes mal faites qui tenaient sèches, plaquées avec du gros savon. En plus, Alec enfilait trois ou quatre couches de vieux blousons les unes sur les autres, n'importe quoi, c'était punk quoi. C'est lui qui montait sa crête tout seul, moi j'avais le privilège de m'occuper de la coiffure de Fernand. Une cérémonie joyeuse et… punk.

Fernand s'asseyait au pied de notre arbre dans la cour, et puis sans peur me laissait sa tête. Bon, la crête était déjà presque prête, je faisais juste de l'entretien, du rafistolage. Un rasoir Bic orange et de la mousse et hop ! hop ! hop ! Fernand hilare comme une chèvre. Comme la fin d'un rire. Parfois des gens, des élèves s'arrêtaient pour regarder, mais en général, y avait pas trop de curieux. Nos séances de rasage faisaient plutôt peur. Et on essayait d'être un peu discrets, quand même, pour pas attirer l'attention des surveillants. Enfin, je savais pas trop ce qu'ils surveillaient ceux-là. On faisait ça quand ils étaient occupés à conduire la meute affamée à l'heure de la cantine. Tchac ! tchac ! Rac ! rac ! Ça râpait sur la tête, mais je m'en tirais plutôt toujours pas mal. Quelques plaies de-ci de-là mais Fernand aimait ça, les traces de sang séchées sur son crâne, ça puait le punk, il disait.

Moi j'aurais jamais laissé mon crâne à un abruti comme moi. D'accord, je jouais dans Pénétration Anale, d'accord, notre tube *J'encule Charles Renouvier*, mais ça s'arrêtait pas loin de là le punk pour moi. J'étais plutôt un romantique, pas de tralala des *No Future*, je voulais Fabienne. Et je m'étais même dit qu'au bout de toute une vie, elle aurait retrouvé mes lettres, une correspondance de moi dans un tiroir, ou plutôt dans plusieurs cartons planqués, en haut d'une vieille armoire, dans le grenier de notre vieille maison au bord d'un lac du Connemara en Irlande. Pas le Connemara de l'autre. Merci. Je serais parti de vieillesse un petit peu avant elle, mais bien vieux quand même.

Et elle aurait décidé de ranger. Pour me raviver. Et elle serait tombée sur toutes ces lettres, parce que je lui aurais écrit des mots tous les jours, Fabienne. Tous les jours de notre vie d'amoureux fous. Une lettre l'attendrait devant son bol de thé le matin, et puis une autre sous son oreiller en plumes d'oie le soir. Des lettres d'or. Des lettres d'amour jusqu'à la nuit qui l'arracherait à l'habitude ou au début de ce qu'elle prendrait pour une habitude, et je dégoupillerais tout ça, et toutes ses peurs et les obstacles qui oseraient se pointer, et ça qui l'entraverait j'en ferais de la chaleur, un envahissement de chaleur. Et je la laisserais là, coulante et affolée. Ouverte à l'amour. Suspendue à mon exaltation du bout des doigts. Et non, ce ne serait pas trop, parce que ça ne sera jamais assez grand d'aimer. Et ils auraient une odeur mes mots. De feu.

Est-ce qu'on meurt d'amour ?

Je m'étais fait une coupe de cheveux plutôt étrange, les autres disaient ça. Alec disait que je ressemblais à un rat ou plutôt que j'avais un rat niché derrière la tête. En fait, j'avais coupé court devant, relevé sur le front, ça tenait avec du gel, et puis derrière je devais l'admettre, ça pendait comme une queue de rat mort. J'avais trouvé cette photo de Bono, et je m'étais pointé chez le coiffeur à Prades, au centre-ville. Ça faisait un bout de temps que j'allais plus chez Gérard Piteux le coiffeur de Vernet, c'était plus possible. C'était pas cher d'accord, mais la coupe au bol merci bien. À Prades, ce type, Burgess, avait écrit en gros sur la devanture du salon : « Champion du monde », alors j'avais foncé. J'avais passé ma photo au gars, pointé Bono du doigt et j'avais dit : « Je veux ça. » Et hop ! J'étais ressorti Bono sur la scène du Marquee à Londres. Ou plutôt un footballeur de D2 allemande. Fernand était sous table comme d'habitude.

J'étais plutôt fier. Le soir, je me suis observé longtemps devant le miroir, j'ai bien fait attention de ne pas me faire surprendre par mon frère et mes sœurs, j'ai regardé l'éternité au fond de cette glace. À cet instant, j'étais le chanteur du plus grand groupe du monde. Alors j'ai chanté un peu, pas fort. Des fois, j'allais tout seul jusqu'à la grotte des amoureux avec ma coupe de rat au-dessus du village, et je chantais comme ça en yaourt, des onomatopées en franglais, en fait je hurlais le plus haut possible, jusqu'à me péter la voix. Ça résonnait comme dans une cathédrale au creux de la grotte. J'étais seul, pas soumis au jugement des autres, en lien avec mon dieu sauvage, et je faisais mes exercices. Sacrément haute, la voix de Bono.

Quand j'arrivais à atteindre ces notes là-haut, tout là-haut, ma voix se déchirait, elle explosait en vol comme un zéro au-dessus du Pacifique. Je me consolais en disant que j'avais la voix qui se promenait entre Bono et Joe Strummer. Assez haute et bien détruite.

Et puis qu'est-ce qu'on en a à foutre de la voix ?

L'important, c'est l'intention, le film qu'on raconte, j'avais lu ça dans une interview de Joe qu'il donnait à un journaliste chanceux. Il sortait d'un concert épuisé, enfin j'imagine à la tête de tout au bout qu'il tirait sur la photo dans le magazine. Je suis sûr qu'à ce concert il avait tout donné, avait craché sa vie. Et la poignée de mômes devant lui au premier rang avait subi la déflagration, celle qu'on n'oublie jamais. Cette vague en pleine gueule, cette force qui empoigne l'éternité. Ouais. L'important, c'est l'éternité.

Patricia. Patti. Mon Dieu, fallait que ce soit la bonne. Ça ne pouvait être que la bonne. Et puis ces fesses peintes en jean. J'ai passé un après-midi à m'imaginer les agripper avec mes mains lisses d'encore enfant. Elle avait une langue des Stones cousue sur la fesse gauche. J'en pouvais plus. Et puis son vieux sac vert. Son sac US constellé de badges, j'ai même aperçu un badge des Ramones juste à côté de celui du delta de *Peace & Love*. Bon, d'accord, ça je m'en foutais. C'était elle. Ce ne pouvait être qu'elle. Cette fille allait tout m'apprendre de l'attraction du sexe et du débordement des sens. Sylvia, comme je t'ai aimée à cet instant. Tu m'offrais un cadeau d'amour, tu m'offrais la vie. Sylvia, je sais que tu m'observais de loin quand je bavais à quelques pas des fesses de Patti Smith, c'est à ce moment-là que j'ai croisé ton regard.

Tu souriais, amusée de voir ta chose, moi, envoûté, harponné, tu m'as fait un petit signe approbateur : c'était la bonne, c'était le jour, la vie les bras au ciel.

Pénétration Anale quand même.

C'est Alec, bien sûr, qui avait trouvé le nom.

On s'était retrouvés un soir tous les quatre autour d'un dictionnaire.

On épluchait toutes les pages, comme Laurent Solaz mais pas pour les mêmes raisons. Le dogme consistait à trouver un nom aussi pourri que notre musique, un truc qui marque, qui fasse peur, un nom furieux et menaçant qui ferait tomber l'orage de 1940 sur Vernet. Y avait bien ces types autour de nous, Les Rats Sulfatés, ah ouais quand même ! Et ce groupe, Unis Par Le Vin, en fait y avait tous ces noms écrits sur le disque d'Alec, il gardait ça comme un trésor, et même ce groupe qui chantait ce refrain : « Salope ! », les pas brûlants qu'il fallait suivre.

Des noms plus laids et plus provocateurs les uns que les autres. Chez nous à Prades, y avait Outrage. Pas mal. Leur tube ? *La Bière*. Ça faisait : « De la bière au déjeuner, De la bière à tartiner, De la bière à dégueuler, etc. » Remarquablement punk. Et on était comme ça, hystériques mais concentrés autour du dictionnaire, quand Nico a trouvé : « Les Ongles. » Bordel ! Pas mal ! Pas mal du tout ! Ça sonnait creux, ça sonnait laid comme il fallait. Et puis Nico a conclu : « Non, faut creuser encore les gars. Qu'est-ce que vous dites des Ongles Incarnés ? »

On a trinqué tous les quatre ce soir-là sur la place, devant le muret de Chez Jeanine. On le tenait, on tenait notre nom, on a bu à la lune, à la Pilska, la bière pas chère de l'ouvrier de chantier. Alec restait étonnamment silencieux.

Il pensait et réfléchissait Alec. Ses grands yeux verts tenaient quelque chose, malaxaient le mystère devant nous, et nous on s'amusait de Fernand qui dansait, pogotait, en shootant du bout de ses rangers pourries sur un pauvre platane qui bordait la place. On avait mis Bérurier Noir à fond sur mon petit poste, ça saturait et c'était bon, c'était punk. À la fin de *Porcherie* je crois, Alec nous a regardés, un par un, et a pointé du doigt quelque chose au loin, quelque chose qui semblait très fort, on a regardé là-bas, là-bas : l'éternité se pointait.

Avec une intonation de prof de français, Alec nous a raconté la vie comme la pureté de l'insouciance, beau comme la jeunesse, beau comme un cobra. À ce moment, je me suis vraiment senti bien. La Pilska brûlait mon sang, je me sentais dans les veines de la vie. À la fin de son discours sur la musique, sur les gens, sur la provocation, sur l'humanité, Alec a fait silence. C'était beau, je jure que c'était beau. Et puis, il s'est lancé : « Tenez-vous la main mes amis, mes frères, serrez-vous fort, parce que ce sera pour toujours, sans trahison, sans faille, sans remords, vers un seul but, l'éternité. Notre groupe doit s'habiller d'un nom qui traversera la vie, les siècles et les livres d'histoire, comme une flèche lancée par une main sûre, Pénétration Anale. »

Un ange a traversé. L'ange avait une crête. Le silence qui a suivi a adoubé ce nom étrange, fort, qui d'un seul coup déflorait notre condition de petits puceaux misérables, ce nom serait le ressort qui nous propulserait. Où ? On pourrait enfin s'échapper. En quelques secondes, Les Ongles Incarnés avaient disparu. Même Fernand ne rigolait plus. Je me suis levé, j'ai fermé le poste, j'ai regardé au loin, et j'ai vu mon enfance s'éteindre, là devant moi le petit enfant sur son vélo m'a regardé à son tour, il a souri devant l'homme.

Pénétration Anale. Pénétration, je savais ce que ça voulait dire, mais anale ? Anale ça venait d'anus, j'ai pensé, et anus c'était punk. Oui, un seul mot est alors sorti de ma bouche, oui.

Fernand a rigolé un peu quand même, il a dit oui à son tour. Nico s'était fait déposséder de son nom mais Les Ongles Incarnés faisaient déjà figure de groupe de seconde zone. Il a hoché la tête. Ce soir-là, on s'est étreints très fort avant de regagner chacun nos familles. Peu importe les bagarres à la maison, on ne serait plus jamais les mêmes. On s'est juré fidélité, et on s'est donné rendez-vous pour la première répétition, le cœur chargé comme un fusil. Elle était là notre famille.

Est-ce que je manquais de courage ?

Comprenez-moi : je n'arrivais simplement pas à avouer à Fabienne que j'étais prêt à donner ma vie pour elle, et ça empirait. Maintenant, il m'arrivait même de pleurer tout d'un coup comme ça, dans la rue. Une bombe d'eau fragile. Je marchais pour retrouver Alec chez lui. Je grimpais l'escalier en pierre jusqu'à sa grande maison, il suffisait qu'une feuille rouge soit posée là, tombée devant moi, elle me parlait de l'automne, et je pleurais, direct, à grosses larmes.

Un enfant qui souriait sur une balançoire, et bam ! Je craquais. J'étais complètement fendu. Fabienne, son nom je le voyais partout, écrit partout, au coin de chaque rue. Fa-bien-ne. À chacune des répètes je fermais les yeux et même en gueulant mes saloperies au micro je ne pensais qu'à Fabienne. Fabienne, Fabienne. Le bruit de ce train infernal dégommait mon crâne. Fabienne, Fabienne. Je n'avais qu'à ouvrir la bouche, je la croisais tous les jours, nos épaules s'effleuraient en cours d'espagnol tous les jours. Même un murmure, juste lui souffler de l'amour.

J'étais conscient que tout ça pouvait faire basculer ma vie d'un côté comme de l'autre. Et si elle m'aimait elle aussi ? Et si après avoir prononcé ces mots, mes yeux dans ses yeux, elle ne baissait pas son regard ? Et si elle me prenait la main ?

Ses deux petites mains fraîches serrant mes mains tremblantes. Et si ses grands yeux vert-violet, presque irréels, plongeaient au fond des miens pour découvrir les trésors cachés au fond de moi depuis trop longtemps. Ces trésors que je gardais précieusement juste pour elle. La seule éventualité de ses lèvres sur mes lèvres emballait mon cœur dangereusement. Comme un cheval qui galope, vite, trop vite, pour mourir d'un coup. *Alors le cavalier sortit son arme et tira une balle dans la tête de son fidèle compagnon, pour abréger ses souffrances.* Et si cette passion trop forte nous bouffait tous les deux ? Si nous ne pouvions plus parler, jamais, à jamais étranglés par nos propres sanglots ?

Nous déciderions alors de sauter dans le vide, main dans la main, là-haut, à la grotte des amoureux. On grimperait sur le petit muret qui surplombe Vernet, et on s'envolerait vers le néant, de peur que la vie ne nous sépare un jour. Partir tous les deux. Dieu est un sauvage à l'intérieur d'un feu, je le sais. Je n'avais qu'à prononcer les mots les plus inoubliables. Je t'aime ou je t'aime Fabienne. Je m'entraînais des fois tout seul dans ma chambre, face au poster. Les yeux de Fabienne étaient les yeux de Joe Strummer et Joe Strummer aimait Fabienne, il l'aimait en moi. Je me tenais bien en face, je parlais d'abord tout bas en fixant le sol. Je parlais de poésie. Je posais ma voix exactement là où elle devait être. Le bon volume, la juste hauteur.

« J'ai écrit ce poème, Fabienne, pour toi. »

Et puis, je me lançais, les yeux tendus vers le bas :

« Je défais le ciel pour toi,
je défais tes cheveux,
je défais tes mains qui prient dans le noir,
je défais la vie toute tracée,
et je défais tes lacets pour que tu tombes avec moi,
je défais ta vie,
celle qui t'encombre,
celle qui t'oppresse,
celle qui te tue,
je défais tous les jours sans toi,
pour qu'ils chutent
comme les ennemis de notre amour,
il n'y aura plus que toi,
face à toi,
et tu verras,
c'est comme toi face à moi,
je défais ton cartable,
et j'y glisse mon cœur,
je veux que chaque livre que tu ouvres
désormais te fasse sourire,
car ils seront moi,
tes crayons seront moi,
tes cahiers seront moi,
j'ai le temps de t'attendre,
je veux juste que tu ne meures plus
dans les bras d'un autre,
je t'aime. »

Et puis le silence.

Et puis je relevais les yeux, mais pas jusqu'en haut, pas encore.

Tout comme Al Pacino qui regarde juste en dessous de l'objectif de la caméra. Alors là, je me lançais : « Tu vois mon amour, ce poème est pour toi. » Et puis les yeux qui se relevaient un peu plus maintenant, pour atterrir définitivement dans les siens. Je t'aime. Je n'y arriverai jamais. Mais que c'est bon de penser à tout ça. Joe, toi tu me comprenais. Maman, toi aussi, tu me comprenais. Quand on aime quelqu'un, on a besoin d'en parler à sa maman. Je vous le dis mais c'est parce que vous y pensez tous. Et si elle me répondait tout simplement toujours en m'attrapant les mains, « Bruno, je ne veux pas te perdre, alors je préfère rester ton amie, ne gâchons pas ça » ?

Quelqu'un peut-il imaginer une telle atrocité ?

Elle est pas comme ça Fabienne, sinon je fais quoi ? Eh, maman, si tu me regardes de là-haut, tu le sais toi qu'on pourrait pas supporter ça une deuxième fois. Si je perdais Fabienne, je te perdrais encore. Je n'ai plus besoin de perdre. Ne m'en veux pas. Mais c'est comme ça. Plus possible de perdre.

Au bout de la journée, mes raisonnements embrouillaient mon esprit, et j'en arrivais toujours à des conclusions confuses qui ne m'allaient pas du tout. Mais c'était ce qui restait sur la table : si j'étais avec Fabienne, je pourrais la perdre, donc ne valait-il pas mieux renoncer ? La vie est une salope.

J'ai retrouvé Alec juste avant la répète, il voulait me parler. J'ai ouvert la porte de sa maison, et sa maman m'a souri direct. Un sourire large, magnifique, et les yeux aussi. Je pense qu'elle savait encore une fois que j'avais besoin qu'on éclaire ma vie à cet instant. Elle savait toujours tout Marie-Josée. Comme une maman. Un peu la mienne. On s'est serrés très fort.

« Bon, ça va, a fait Alec. T'as fini de me piquer encore ma mère ? Et puis, toi ? en s'adressant à sa mère. T'as fini de me piquer mon meilleur ami ? » On a tous rigolé, c'était bon de rire. « Suis-moi », il a fait. On a grimpé quatre à quatre les marches jusqu'à sa chambre là-haut, pied gauche toujours quand on atteint la dernière, on s'est jetés sur le bord de son lit, face à la fenêtre, où tous les deux nous refaisions le monde depuis toutes ces années. Depuis… nos six ans. Depuis toi maman.

Alec a sorti le paquet de dessous le lit. Et il a allumé une cigarette.

« Ma mère sait que je fume parfois. Je fume beaucoup plus que ce qu'elle croit. Si mon père l'apprend je suis mort. Elle ne lui dira jamais. C'est marrant que t'aimes pas ça toi. Ça te plaît vraiment ce nom, Pénétration Anale ?

— J'adore. J'ai pas osé le dire à papa, pas encore, il a pas mal de soucis en ce moment. »

Alec a recraché doucement la fumée qu'il gardait précieusement au fond de sa gorge jusqu'à avoir les yeux en diamants.

« J'ai un souci avec Fabienne. J'ai besoin de ton avis. Je crois qu'elle m'aime bien, mais je suis pas sûr qu'elle m'aime vraiment. »

Il savait très bien faire les ronds de fumée maintenant. C'est Jean-Luc Merle qui lui avait appris. J'ai regardé le ciel. Il n'avait pas plu depuis si longtemps mais j'étais sûr à cet instant d'avoir aperçu un arc-en-ciel. Je pourrais le cracher.

« Et moi je l'aime beaucoup, mais il y a une autre fille dans ta classe… Je peux plus ne pas la regarder tout le temps. Rachel. Tu lui parles un peu ? Elle est comment ? Je la trouve, comment te dire, sublime… »

Rachel est belle. Rachel est blonde. Rachel a les cheveux tout lisses qui viennent mordre ses fesses. Rachel a des fesses parfaites. Rachel porte des fuseaux beiges qui allongent ses longues jambes. Rachel a des Dr Martens vernies qui brillent aux pieds. Et des yeux tellement bleus, peut-être trop parfaits. Rachel a des seins de femme. Rachel a des doigts longs et des ongles parfaitement peints d'un vernis tout rouge, d'ailleurs Rachel porte toujours un rouge à lèvres rouge vif. La première fois que j'ai vu Rachel à la rentrée scolaire, j'ai cru que c'était Marilyn qui venait s'amuser à repasser sa classe de seconde. La première fois que Rachel m'a adressé la parole, c'est quand elle a vu que j'écrivais « The Who » sur mon cahier. Je passais et repassais les lettres pendant toute l'heure de maths. Elle m'a dit qu'elle avait un scooter et que sa bande, c'était des mods de la ville, de Perpignan. Oui Rachel est belle. Mais le premier jour, le jour de la rentrée, c'est Fabienne qui a explosé mon cœur. Fabienne. Fa-bien-ne. La mienne. La seule.

Cette fois, Alec a gardé la fumée dans sa gorge.

« Tu vois je veux pas te faire de mal, je sais tout ce que tu as fait pour moi, tu es mon meilleur ami, alors je ne veux pas tricher, je dois tout te dire, je pense… que Fabienne… c'est une histoire terminée. Elle n'est pas prête. Elle ne veut pas le faire. Rien à faire, elle dit qu'il lui faut plus de temps et tout. Et moi je pense qu'à ça tu comprends ? Je suis désolé Bruno, je dois lui dire… Tu dois lui dire. Tu pourrais lui dire ? »

L'arc-en-ciel n'était plus derrière la fenêtre, il avait infiltré ma rétine. Je n'ai pas pu parler tout de suite. J'étais étranglé. Mais Alec a remarqué les larmes qui coulaient jusqu'à mon sourire.

« Je comprends Bruno, tu as mal. Mais putain, j'ai de la chance, t'es vraiment un chic type. »

J'ai repris mon souffle.

« Tu veux que je parle à Rachel ?

— Non, c'est déjà fait. On s'est déjà embrassés dans les toilettes. J'ai jamais ressenti ça. »

Les yeux d'Alec se sont éclairés, il a repris sa voix de crapule :

« Sa langue a fait le tour de toute ma bouche en y laissant à chaque recoin un goût de guimauve, même sur mes lèvres. Elle m'a bouffé. J'avais l'impression d'embrasser Brigitte Bardot.

— Jeune, hein ! »

On a rigolé.

« Et tu sais quoi ? Elle a pris mes mains et les a placées sur ses seins direct. »

Alec a ramassé ses baguettes qui traînaient sur le sol de sa chambre.

« Viens, on va être en retard à la répète. »

Je voudrais décrire ce son, ce bruit de torsion, cette tornade qui électrise.

Imaginez quatre garçons encore puceaux, mais tout près du bord de la limite, le ventre en feu, qui ne parlent que de la chose. Avec la sève qui monte débordante de chaque pore de leur peau toute glabre.

Imaginez un local, le local du club des jeunes de Vernet-les-Bains, prêté par la mairie du village, juste en dessous du Club House de tennis. Le club de tennis et tous ces gens bien mis, recommandables. Avec ces dames en petite jupe traînant derrière elles leur chihuahua laid et capricieux. Quand elles se penchaient pour ramasser une balle, on pouvait apercevoir leur culotte. Des fois, elles mettaient tellement de temps à ramasser la balle qu'on se demandait si elles ne le faisaient pas exprès.

Ce lieu pas du tout insonorisé, la batterie d'Alec et l'autre cinglé tabassant ses peaux sans écouter plus rien, plus personne. Les amplis réglés à onze sur une échelle de dix… L'enfer qui pétrit les chairs. Oui, c'est ça, l'enfer où quatre diables sculptent le son d'un groupe au nom improbable, sans savoir ni jouer ni s'accorder. Du bruit, du bruit, rien que de la fureur et du bruit. Mais un vacarme magnifique. S'il existait une porte, un sas donnant sur les ténèbres, il était là.

Depuis que j'avais pris le chant, j'avais l'impression que tout s'accélérait, se précisait, je ne voyais pas le bout mais je reconnaissais plus distinctement le chemin qui mènerait mon groupe au sommet. Il fallait se rendre à l'évidence, ce groupe me portait, m'enflammait. Cette meute de frères de sang me tenait en vie. J'avais un but, enfin, un prétexte lumineux pour m'accrocher à la vie absurde. Quelque chose pour supporter les cris et les bagarres à la maison, pour soigner mon cœur, en tout cas le distraire quand il saignait trop.

Je suis passé au chant. Pourtant, j'aimais vraiment cet instrument, la basse. Bien sûr, je n'étais pas Britt, la bassiste d'Alix, mais j'avais lié une relation particulière, presque amoureuse avec la seule corde, la grosse qui tendait le manche de mon merveilleux instrument. Le prix à payer ? Mes doigts, l'index de ma main gauche n'était plus du tout lisse. Une deuxième peau, comme de la corne, s'était fourrée tout au bout. Fallait faire attention à ne pas briser ma réputation avec les filles, quand même. J'étais le garçon qui caressait avec sa peau d'ange.

Je travaillais dur. Des heures, des jours, des semaines sur un titre, une ligne de basse m'obsédait, *Princess of the Streets* des Stranglers, je voulais la jouer, la posséder, la vaincre. On s'était rendu compte qu'à force de gueuler, de hurler à la mort, Fernand avait sa veine jugulaire au bord de l'implosion. Son cou gonflait comme un taureau, gonflait en rut. On a eu peur que ça pète. Alors, j'ai pris le chant. Et Fernand a récupéré ma basse. Ma basse une corde. Ça suffisait une corde. Ce n'était qu'un doux sacrifice. Et puis, c'était qui Bono Strummer, avec sa coupe de cheveux animalière de rock star ? Je vivais, je brûlais tout au bout. Après la première chanson sur Renouvier, on a rapidement écrit deux-trois trucs époustouflants : *Diarrhée* et *Barabas*. Un malfrat qui traînait au temps de Jésus ; j'avais adoré ce film avec Anthony Quinn. Charles Renouvier, le pauvre type ne nous avait rien fait mais c'était le nom de notre lycée, alors.

« J'encule Charles Renouvier,
J'encule le protale du lycée,
Vous êtes tous des enculés…
Ohé ohé ohé ! »

Nico était lumineux à la guitare, lui qui tenait tout, il progressait de manière fulgurante, de répétition en répétition. Je me demandais parfois ce qu'il faisait avec nous. Je pouvais comprendre que d'autres groupes le courtisaient sans cesse. Alec tapait fort, démarrait comme assis sur une grosse cylindrée et puis accélérait, une ligne droite, toute droite, jusqu'au bout, jusqu'au crash, jusqu'à tout là-haut, jusqu'au chaos radieux. Et puis Fernand, Fernand pissait son rire toujours. Le rythme ? Quel rythme ?

Jouer de la basse ou de la guitare, c'est physique, obligatoire, la jambe va remuer, elle va suivre quelque chose, elle va battre une mesure, elle va danser quoi. Lui rien. Rien du tout. Ses deux jambes restaient là, soudées au sol. Et ses grosses Dr Martens qui ne remuaient pas d'un pouce. Rien, deux blocs de ciment.

Mais Fernand était notre héros, notre mascotte. Il représentait à lui seul ce que devait incarner notre groupe. La folie, l'insouciance, la beauté libre d'un cheval au-delà du galop. Le genre de type que tu suivrais jusqu'à la mort, tout en sachant qu'elle traînait juste là, toujours pas très loin.

Fernand son truc, c'était le dessin. Il dessinait si bien. Un don de doigt ou un truc comme ça. C'était lui qui avait réalisé nos premières affiches avant même qu'on ait craché une note. Y avait ce film qu'ils avaient tourné à Vernet, un gros film, avec des acteurs connus. L'effervescence dans le village. Remué le village. Florent Pagny et Vanessa Paradis à Vernet. Oui, chez nous, à Vernet. *La Fille des collines*.

Le réalisateur cherchait des figurants locaux et tout le monde, les jeunes et les autres du village, s'est précipité. On ne parlait que de ça ici. Pas nous. Fallait pas nous la faire.

On a remplacé les affiches collées sur les arbres et les murs par les nôtres dessinées par Fernand, grandiose ! On a fait ça une nuit, surexcités comme des cafards pendant l'heure de ponte. On avait préparé ça comme on organiserait le casse du siècle, l'affiche, très porno, mais drôle. Porno-drôle.

Ça faisait :

Cherche figurants et surtout figurantes expérimentées pour un film tourné très bientôt dans votre village, La fille dégouline *avec Florent Palisse et Vanessa Parderrière.*

Du grand œuvre.

Mais le chaos le lendemain matin. La réalisateur, les producteurs, le maire du village comme fous. Ils ne nous ont jamais mis le grappin dessus. Quand on fait un casse, on en parle à personne. Et quand l'affaire s'étouffe, on partage le butin tranquillement. Notre bande c'était ça : pas de traître. D'ailleurs, personne n'a jamais su que c'était nous qui sciions l'arbre majestueux de Noël, chaque année planté au milieu de la place, de la joie, de la fête, peut-être même de l'amour. Eh bien la tradition, c'était nous. Chaque Noël, l'arbre, bam ! À terre.

On se retrouvait chez moi et on partait dans la nuit. C'est D. C. qui nous fournissait la scie. On frappait à sa porte à 4 heures du matin, même à 4 heures du matin, D. C. ça le faisait rire. Je balancerai jamais son nom. D. C. Je ne suis pas un traître.

Et dire qu'avant tout ça, je faisais partie de la troupe des petits danseurs catalans de Vernet-les-Bains.

Revenir à l'amour.
Revenir à l'amour.
Revenir à l'amour.

Je me contente de ce que je n'ai pas. Notre mesure, notre cri, ce hurlement au fond de l'espoir.

Alors ce type a appelé. Il m'a appelé à la maison et c'est papa qui m'a passé le message.

« Il y a un animateur de Radio Cady qui voulait te parler, il faut que tu le rappelles.

— Radio Cady, t'es sûr ?

— Je crois qu'il voulait passer des chansons de ton groupe à la radio ou quelque chose comme ça. D'ailleurs comment il s'appelle ton groupe ? T'es toujours avec Alec c'est ça ? Et Fernand ? Je l'aime bien, il est gentil ce garçon.

— Oui, c'est ça papa. Euh… on cherche encore un nom pour le groupe. Pas évident.

— Moi j'adorais Les Frères Jacques, c'était bien ce nom, Les Frères Jacques.

— Oui, c'était bien Les Frères Jacques, papa, mais apparemment c'est déjà pris. »

Radio Cady. Le bingo de la gloire. Enfin, le début de la gloire. J'ai rappelé ce gars, que j'écoutais tous les soirs, fidèlement, et qui me faisait découvrir tous ces groupes venus d'Angleterre, d'Irlande, d'Écosse, d'Australie, d'Afrique, d'Amérique, de partout. S'échapper de partout. Ce gars, Pat, avait fait pénétrer la musique, la vraie, dans notre village. Son émission de radio était en partie responsable de l'éducation musicale des mômes de Vernet-les-Bains. Un cri au fond du trou. Lui, et Francine. Francine, une suave, une blonde décolorée en rose sucré, je l'apercevais parfois dans la rue. On ne voyait qu'elle souriant toujours. Belle comme un orage. Nina Hagen en jonquille. Avec des minijupes qui volaient comme ça, juste pour nous faire du bien, à nous les gosses qui découvrions, émerveillés, la vie et qui emportions dans nos nuits ces moments volés. Ce moment où Francine s'extirpait de sa petite voiture bleu nuit, une Abarth. Waouh ! Une fois, je l'ai même dit aux autres, j'en étais sûr, j'avais aperçu ses fesses sous sa jupe.

Elle ne portait pas de culotte, je le jure, craché ! Les autres écoutaient mon histoire, ils bavaient, rêvaient. Pire, ils s'imaginaient. Fernand, traîné de rires. Cette vision de ces fesses sauvages délicieuses sous la jupe jaune, rouge et bleue, ondulant comme l'espoir au printemps, je l'ai toujours gravée là.

D'ailleurs, ce jour-là j'ai souri comme un débile pour rien, pour tout, toute cette inoubliable journée. Francine aussi était une voix historique de Radio Cady. Au téléphone, Pat a été très clair. Il avait besoin de quatre ou cinq titres, bien enregistrés pour la semaine suivante, une petite biographie du groupe. Il promettait de nous mettre en avant durant une émission. Il adorait le nom de notre groupe et il mixerait tout ça avec pourquoi pas les Ramones, les Pistols, les Clash. Waouh ! J'étais au-delà. J'ai dit d'accord à tout mon pote. OK, OK, pas de problème, tu auras tout ça dans les deux jours, OK. Quand on a raccroché je me suis assis et c'est là que j'ai aperçu tout là-haut *Guernica* au-dessus du canapé du salon. Je l'ai trouvé sublime, la farandole de gueules cassées.

Nous avons organisé une réunion de crise dans l'urgence. Direction le bar. Les autres étaient fous. Fernand sautait sur une jambe et puis faisait disparaître l'autre. Alec n'arrêtait pas de répéter : « Je le savais, je le savais » ou « Je vous l'avais dit ». Nico ne disait trop grand-chose mais il souriait et ça m'allait. Et puis Jeanine derrière son comptoir : « C'est bien les enfants, je suis fière de vous. »

Alors, j'y suis allé et j'ai tout déballé, l'entretien téléphonique et plus. Le gars, le Pat avait besoin d'une bio. Alec se chargerait de raconter l'histoire de notre histoire. Je lui ai conseillé de piquer quelques idées sur le début de la vie des Clash. Ou celui de U2. Le batteur qui met une petite annonce sur le mur du lycée. Et puis le feuilleton. Oui, comme ça, on pouvait raconter ça, ça sonnait bien. Notre batteur Alec qui avait fait passer cette petite annonce : « Batteur sans expérience cherche bassiste, guitariste et chanteur charismatique pour botter le cul à tous ces minables qui resteront toute une vie à répéter dans leur cave humide sous les bombes de la gloire. »

Oui, j'aimais ça, l'arrogance.

Il nous fallait quatre titres, on en avait trois. Nico a dit qu'il pouvait jouer le riff de *No Fun* des Stooges version Sex Pistols, parfait. Plus qu'à le suivre. Le plan se déroulait devant nous comme merveille. L'histoire s'écrivait à la hache splendide. J'étais heureux. À cet instant je le jure, nous étions des gosses heureux. Maintenant, y avait plus qu'à.

C’était beau, je jure que c’était beau comme Babylone. Nos yeux qui dansaient là autour de la table de notre bar favori, autour de ce projet de vie, d’amitié, de fraternité. Nos cœurs qui hurlaient dans cette forêt broussailleuse, hasardeuse, qu’on appelle l’adolescence. Plus rien autour. Seule la meute prête à mordre. Pas une fille pour nous aider à souffrir, rien. Juste cette bande de jeunes déjantés de quinze ans.

Y avait vraiment tout ce qu’il fallait pour enregistrer chez Alec. On ne savait pas faire ? Alors on allait le faire. En plus, on avait tout l’après-midi devant nous, personne, pas un parent, tout s’emboîtait, se déboîtait parfaitement. On avait lu que parfois les plus grands groupes enregistraient dans leur propre maison, ça donnait un effet personnel au son, et puis « la batterie dans la douche, ça résonne grave ». C’est Alec qui a dit.

« Comme dans une cathédrale », il a rajouté.

Moi j’ai proposé la cave. Le premier album des Clash a été réalisé dans une salle grande comme une cave. Je ne savais pas mais j’en étais sûr.

On s’est installés dans le grand salon face au magnéto familial à bandes de Bernard, le papa d’Alec. Alec avait l’air sûr de lui. Rec/Play et tout roulait. En moins de rien, on aurait nos quatre chansons chaudes, prêtes à passer sur les ondes, celles qui devaient nous ouvrir les portes de l’éternité. Tout était là, prêt. Amplis à fond, Fernand avait l’air concentré ou perdu, en tout cas, il ne souriait même plus. Nico a joué quelques riffs pour nous rassurer un peu tous. Alec cherchait ses baguettes partout, pas grave, il est allé casser deux branches d’arbre dans le grand parc derrière.

Et puis moi. J'ai fermé les yeux et j'ai serré dans mes doigts lisses ce micro si pas cher si sublime, comme le sceptre doré du roi du monde. Alors j'étais Bono. Alors j'étais Joe Strummer. Et puis même un petit peu Bruce, le boss. Tellement bon, d'être quelqu'un d'autre. Ne plus être moi le temps d'une chanson. On a commencé par le titre qu'on maîtrisait le mieux, *J'encule Charles Renouvier*, Rec/Play.

On est passés à la radio, je suis sûr que tout le village était à l'écoute, l'oreille humide au poste. Peut-être même que le monde entier en personne tenait son souffle. Fernand avait distribué des affiches avec le nom de notre groupe en petit. Il avait bien pris soin d'écrire Radio Cady et l'heure de diffusion en très très gros, tout en haut. Il avait pas dessiné une guitare ou une batterie, non, ils auraient tous fait ça. Fernand a dessiné une magnifique harpe et une flûte à bec aussi. On avait collé ça un peu partout sur les murs du lycée. On avait même distribué quelques affiches chez les commerçants du village. Chez Manon, l'épicière Manon.

Chez elle, tout était périmé ou presque. Par contre elle vendait tout ce que vous vouliez. Si vous vouliez du fromage, elle avait. Si vous aviez besoin de couches pour le bébé, elle avait. Des boîtes de conserve, de biscuits, du jambon. Si tu voulais un vélo, son mari Henri courait au fond derrière, et te le ramenait. Un jour d'ennui, on avait téléphoné depuis la cabine juste en face, celle au-dessus du square, à des gens comme ça au hasard. Des gens du village. On lançait le doigt au pif sur les pages de l'annuaire, on glissait la pièce dans la fente, et on appelait. Aussi simple. « Bonjour, aujourd'hui c'est le grand concours Nesquik à Vernet-les-Bains. Si vous allez dans l'heure réclamer votre pot de un kilo de Nesquik chez Manon, l'épicière du village, elle se fera un plaisir de vous l'offrir gratuitement. »

Et puis on s'était postés là, sur un banc en face à attendre, il y avait Bubu, Rémy, Alec, Denis, tous brûlés de rire. Mais la file d'attente. Tous ces gens qui demandaient leur pot de chocolat en poudre. Et Manon et Henri Pujade qui devenaient fous et avaient les peines du monde à les mettre dehors. Encore une idée de D. C. Je ne donnerai jamais son nom, suis pas un traître. D'accord, c'était pas bien tout ça, mais qu'est-ce que c'était drôle. Comme quand on avait commandé ce camion de sable à faire livrer devant la maison du pauvre Chavanon. Ahahah ! Vraiment con, mais vraiment drôle.

Papa a écouté la radio, il me l'a dit le soir quand je suis rentré, j'étais encore sur mon nuage, extatique. Nous on avait écouté l'émission chez Fernand. Sa mère Gillette nous avait préparé des toasts et on avait tous bu un petit verre de vin blanc. Ça méritait. Elle avait dit avec beaucoup d'amour, toujours : « C'est bien les enfants, je suis fière de vous. » On avait trinqué à la vie, au groupe, à ce destin magique qui festoyait. Tous sauf Nico. « Mais, putain ! Les gars, c'est nul ! il a fait. Vous avez des oreilles ou y a du gravier dedans ? »

D'accord. Les sons étaient épouvantables, on entendait même le bruit du magnétophone et des bandes bruissantes qui tournaient derrière. Et alors ? Ça sonnait faux mais s'accorder n'était-il pas un problème de bourgeois ? Derrière ce son épouvantable, quelque chose échappait. Ce ciment qui avait soudé les plus grands groupes du monde : la foi. J'en étais convaincu, Alec aussi. C'était notre tour. Sûr. Et puis, Pat, à la fin de l'émission avait même rajouté : « Nous souhaitons à Pénétration Anale le même parcours que celui des Clash, groupe préféré de Bruno, le chanteur. » J'étais scié. On était tous sciés.

« Alors c'est ça le nom de ton groupe ? En tout cas, j'aime bien le son. Pas mal, pas mal du tout… »

Papa m'a pris dans ses bras forts, et m'a serré, et ça m'a fait du bien. Mon Dieu, comme ça m'a fait du bien. Je suis sûr à ce moment précis nous avons pensé tous les deux à la même chose. Nos deux corps accrochés, tu nous manquais maman.

Quand on est revenus au lycée ce lundi matin, plus rien n'était pareil. Nous étions le groupe qui était passé à la radio. Nous n'étions plus ces gamins attardés qui finiraient un jour ou l'autre par rentrer dans le rang comme tous les autres. Espérant trouver un job décent et fonder une famille. Et tout le reste. La sécurité, ce mot qui insulte.

Comme si la vie était un reste.

Depuis ce jour, nous étions les quatre gars de Vernet, ce groupe au nom dévastateur, passé à la radio.

Même les plus grands, les terminales, nous regardaient différemment, je le sentais. On le ressentait. Alec marchait devant en leader, le lead naturel, et nous on suivait. Moi, Nico et Fernand qui fermait la marche triomphale. La tête bien haute, en ne fixant rien d'autre que l'extrémité de l'éternité. Faut dire qu'Alec, il en jetait. J'étais pas jaloux, mais pas loin quand même. Il était beau Alec. Ses yeux verts, toutes les filles parlaient de ses yeux verts. Non, ce qui me rendait dingue, jamais j'aurais osé comme lui passer le pas. Oui, le punk, oui j'écoutais du punk, oui je jouais du punk, mais j'aurais jamais osé comme Alec ou Fernand me faire cette crête et m'habiller aussi mal, ou plutôt de manière aussi déglinguée. Le fouet de la provocation.

Parfois, Alec s'asseyait au pied de notre arbre, tellement bizarre, étrange. Les autres le regardaient avec admiration ou dégoût, avec curiosité. Comme on regarde un dégueulis par terre. On s'écarte, on évite, mais ça existe, ça vous saute à la gueule même. Il voulait ça et ça marchait. J'avais l'impression que personne ne me regardait, je n'existais pas. Une ou deux fois j'avais dit à Alec : « Arrête tes conneries, t'es pas obligé de faire ça. »

Mais je me trompais, il ne faisait pas comme ça, il était comme ça. Il était ça. Et ça rendait son père totalement fou, mais rien ne lui importait, il vivait son instant. Essayer de retenir Alec, c'était comme tenter de retenir le cours d'un torrent ivre juste avec le bout de ses doigts. Je crois que c'était ça qui me rendait jaloux, en tout cas envieux. Mon meilleur ami osait être libre.

Y avait ce type de terminale, l'enfariné du bouton, qui nous avait regardés de travers, Bazzanella.

« Alors les petits pédés, c'est bon la pénétration anale ? » Et puis les autres de sa classe autour qui se marraient. Ni une ni deux, Alec lui a balancé : « Eh toi la calculette, fais gaffe à ton petit cul quand même… »

Putain ! Ça a crevé le gars. Pas un mot, rien. Alec qui le toisait fixement, et l'autre qui a baissé les yeux, tout doux. C'était ça Alec. Et puis si je ne me faisais pas la crête, c'était pour pas faire de peine à papa. Il n'aurait rien dit, mais il aurait été malheureux. Je n'avais pas envie de rendre mon père encore plus malheureux que le malheur.

Je savais qu'Alec donnerait sa vie pour moi et peut-être même pour le groupe. Il était petit Alec et c'était moi le grand. Pourtant j'étais persuadé que c'était lui qui me protégeait depuis toujours. Depuis nos six ans, depuis la mort de maman.

Je me souviens, bien avant, y avait ce type, ce troisième qui n'arrêtait pas de lui chercher des poux. On rentrait du collège, on avait quoi, douze ans. Quand le bus nous a déposés à l'arrêt de la poste à Vernet, j'ai sauté sur le gars et j'ai cogné de toutes mes forces sur son nez. Le môme s'est excusé, il avait le nez en sang, et il s'est excusé d'avoir importuné mon ami. J'étais à la fois fier, mais surtout mal à l'aise. J'avais défendu mon meilleur ami et j'avais fait du mal à un gars juste pour ça. Son nez pleurait. Je voulais pas faire du mal aux gens moi. Le soir même je suis allé jusqu'à chez Patrice Parmentier, et c'est moi qui me suis excusé.

Le jour où on m'a regardé moi et juste moi, c'est quand j'ai osé porter le pull tricoté par mémé Stella. Ce matin-là, quand je suis passé devant le miroir, ce pull couleur mauvais vin à grosses côtes beaucoup beaucoup trop long, j'ai su que je courais à l'abattoir. Ça n'a pas manqué. Du fond de la cour, on me montrait du doigt, même Fabienne, ma Fabienne, qui m'avait dit : « Pourquoi tu mets ce pull Bruno ? Il te va pas du tout, il colle pas à tes beaux yeux… »

Si j'avais mis ce pull ce jour-là, c'était pour faire plaisir à ma grand-mère, et c'était le plus important pour moi, faire plaisir à ma grand-mère, et tant pis pour le reste. Alec c'était : « Avec ta serpillière couleur pinard sur le dos, t'es plus punk qu'un punk !… » Ce soir-là, en écoutant Renaud allongé sur mon lit, j'ai essayé de retourner dans tous les sens les mots de Fabienne. « Ton pull il te va pas du tout, il colle pas à tes beaux yeux… »

C'était quoi le plus important, le début ou la fin de la phrase ?

Fabienne avait dit que j'avais des beaux yeux, et je pouvais exactement affirmer qu'elle avait dit ça en regardant ses pieds, comme si elle était gênée de m'avouer quelque chose. À la fin du jour, après avoir tourné une dizaine de fois le Gérard Lambert sur la platine, j'étais persuadé que Fabienne voulait me dire quelque chose de codé. Caché peut-être, mais puissamment réel.

Alec quittait Fabienne, je quittais le rugby.

Sous mes pieds, la terre de nos quinze ans tremblait, tout autour comme du papier mâché.

La vie se délitait.

Sauf que j'ai horreur du mot « fin ».

Le bus en bas de la maison klaxonnait, ils passaient me prendre pour aller au match, j'étais pétrifié. Je n'ai pas répondu. Je n'avais pas la force de me relever. Un poids invisible allongé sur moi me plombait au lit, comme un lutteur sur mon corps et l'arbitre prêt à arrêter le combat dès que mes épaules toucheraient le sol. J'avais envie de mourir. J'ai compris à ce moment-là que c'était la fin, ce sport, le rugby, que j'aimais plus que tout, ce sport magnifique de sacrifices, c'était fini.

Tout était fini, ce sport-là je le quittais, il me quittait.

Rien à faire d'être un bon demi d'ouverture, un sacré numéro dix, ils disaient. Ouvrir quoi si je pouvais même pas ouvrir le cœur de Fabienne ? Un énorme coup de pied pour quoi faire ? Taper de ses deux pieds jusqu'à quand ? J'étais gaucher, mais j'avais passé une année entière à m'infliger ça, m'obliger à taper du pied droit, et maintenant ça y était, je tapais le ballon des deux pieds.

On avait effectué cet échange avec le club gallois de Llandudno. Quinze jours chez eux. À leur tour, ils devaient venir chez nous pour les matchs retour. On a traversé toute la France en bus, jusqu'au bateau à Calais, papa m'avait donné un billet de cent francs pour l'argent de poche. Je l'avais confié à notre entraîneur pour ne pas le perdre.

Je n'ai jamais osé lui redemander, du coup j'ai rien pu acheter, j'ai pas pu ramener un seul souvenir à la maison, rien. Les autres avaient tous acheté des bricoles pour les parents.

Écoute bien ça : j'avais un appareil photo jetable et quand on est arrivés à Calais, avant de grimper sur le bateau, le bus s'est arrêté devant une décharge, j'ai aperçu un rat, là juste derrière la vitre, je l'ai pris en photo sous toutes les coutures, mitraillé, vingt-quatre photos d'affilée. Un bon gros rat. Il restait plus rien pour la suite du voyage. On se souvient de trucs quand même.

J'étais logé chez ce joueur gallois, Tim. Et puis, y avait sa sœur, un peu plus âgée. Un soir avant de me coucher, elle avait relevé son pull, comme ça devant moi, elle voulait me faire plaisir, je crois. Alors j'ai posé mes mains sur ses seins, sans rien dire, juste comme ça, elle a fermé les yeux et puis voilà. Elle a eu droit au doigt d'ange. J'ai aimé. Je suis parti me coucher. C'était la deuxième fois que je touchais les seins d'une fille. Près de chez eux, y avait ce petit village très connu, le village le plus long du monde, enfin avec le nom le plus long du monde :

Llanfairpwllgwyngyllgogerychwyrndrobwllllantysilio-gogogoch

Tim et sa sœur m'avaient appris ce nom à raison d'une syllabe par jour. Tu imagines ? J'ai jamais pu l'oublier, jamais. Plus tard, j'ai pu faire le Cajou devant les filles. J'ai jamais oublié. Je vous le ressortais quand vous vouliez, on se souvient de ces choses quand même. On a pris une sacrée raclée contre les Gallois, et au match retour nous devions les accueillir, Tim devait venir chez moi, ça s'est pas fait. À cause de la guerre à la maison, ça criait tout le temps, papa qui buvait, sa nouvelle femme supportant tout ça, et puis j'ai même pas envie d'en parler.

J'avais trop honte.

J'avais inventé cette histoire.

Cette histoire que j'étais malade.

Je pouvais recevoir personne et j'étais pas malade.

Je pouvais mentir comme je voulais. Je me souviens j'avais encore eu envie de me tuer ce jour-là, mais je l'aurais pas fait. Et quand Béatrice Marquez est sortie avec ce grand blond, il était même pas beau, mais il était blond, ça plaît aux filles, les blonds, surtout chez nous. On en voit pas beaucoup des blonds près de l'Espagne. Je suis sûr qu'en Suède, c'est le contraire, les filles doivent se jeter sur les bruns. J'irai là-bas un jour.

J'étais fou amoureux de Béatrice Marquez. Bon peut-être pas comme Fabienne. Mais c'était le tout début, avant, les premiers émois, en quatrième, j'avais quoi, treize ans. Donc le soir de la fête du collège, elle est sortie avec ce blondinet, et tout le monde m'a cherché partout, car j'avais annoncé haut et fort que j'allais me tuer. J'avais pris la voix rauque du type qui est déterminé, certain d'en finir. Je m'étais caché derrière la halle des sports, et j'avais attendu comme ça qu'on me trouve. Deux heures d'agonie coincé, avec ce tesson de bouteille de bière collée sur la veine de mon poignet. C'est Limia qui m'a trouvé. Je l'aurais pas fait.

Et puis Laurence, bien avant encore, ça c'était la première fille, la toute première, le premier baiser, on était sous un pont du casino, on était là tous les deux cherchant à se protéger de la pluie et de ce merveilleux et foutu orage d'été qui hurlait, on était trempés, Laurence, on voyait presque sous son tee-shirt gorgé d'eau et elle avait mangé mes lèvres. Et j'étais parti en courant, je ne pouvais plus me contrôler, je ressentais comme des bouffées délirantes, j'ai voulu me jeter sous une voiture. J'avais trop de choses en moi, comme mille boxeurs fous dans une bagarre de rue avec la Sierra Leone tout au fond du ventre. Mais je ne l'ai pas fait. Enfin, tout ça, pour expliquer la déchirure.

La déchirure, c'est quand on tient un morceau de la photo dans chacune des mains. C'est jamais bien quand on essaye de la recoller. Il est beau ce mot : « déchirure ».

Ce jour-là, quand je ne suis pas descendu rejoindre mes camarades dans le bus qui klaxonnait devant chez moi, j'ai su que c'était la fin.

J'ai moi-même annoncé à Fabienne que tout était fini. Terminé. Son histoire avec Alec s'arrêtait là. Je lui avais mis mon meilleur ami dans les bras et maintenant je lui confisquais, c'était comme si j'annonçais la mort de quelqu'un à l'un de ses proches. Et que j'étais à la fois triste et content qu'il soit mort. Mais mon Dieu, j'avais quoi dans la tête ? Et dans le cœur ?

J'ai détesté ses mains sur moi, tu sais.

Je ne veux rien savoir, s'il te plaît.

Chaque fois c'est pareil, alors ces deux-là vont se revoir plus tard et moi je serai au milieu, parce que je suis le meilleur ami, et ils ne croiseront pas leur regard, ils regarderont leurs souliers, et leurs secrets bien gardés tout au fond de la semelle qui décollera du sol, bien sûr, et tout ça, et moi le dindon, entre les deux qui parlerai de tout et de rien à l'un et puis à l'autre, et puis merde.

C'est toujours comme ça, après une séparation, y aura cette boule de vide, entre Alec et Fabienne, remplie de tout ce que je ne vivrai jamais.

Regarde, j'ai écrit un poème.

Je l'ai regardée lire mes mots, ses mots, elle souriait.

J'en écrirai d'autres, tu sais, je les offrirai à la femme de ma vie.

Sans lever les yeux, sans lâcher son sourire, Fabienne a murmuré des mots qui m'ont pulvérisé le cœur.

Elle en aura de la chance cette fille.

J'ai croisé Patti Smith dans un couloir. Son maquillage sauvage sous les yeux. Une vraie femme. Qui devait en connaître. Son sac US jeté sur l'épaule, une chemise toute blanche, son jean déchiré et ce rond rouge peint sur sa chaussure, Patti Smith bordel ! Elle regardait droit devant sans se soucier de l'univers qui rôdait autour, elle aussi fixait l'éternité. Avec sa crinière noir de jais, j'avais l'impression d'un corbeau niché juste au-dessus de sa tête. Elle est passée à ma hauteur, j'ai risqué un regard, oh pas grand-chose, mais rien. Elle suivait des rails qui n'étaient pas les miens, c'est tout. J'ai ressenti ce moment assez humiliant même quand ses épaules ont presque frôlé les miennes, j'ai physiquement ressenti que je n'étais rien, je n'existais pas, je n'étais pas invité au bal des héros. J'étais parmi les autres, un rien du tout. Je me suis même un instant demandé si le tableau de cette fille écartant les jambes et moi tout nu faisant ce qu'il pouvait, remuant au-dessus d'elle, n'était tout simplement pas ridicule. Quelques pas de plus sur la route de l'humiliation. Comment avais-je pu imaginer ne serait-ce qu'une seconde ?

Et puis « Hey !… hey !… »

Je me suis retourné, Patricia m'appelait, elle m'appelait moi et personne d'autre, elle me regardait moi et personne d'autre.

« C'est quoi ton prénom déjà ?

— Bruno.

— OK, c'est moi la Patricia, ahah… Ça ira la marchandise ? » Elle a rigolé. Elle s'est signée, comment dire, de façon païenne, en prenant soin de poser le bout de son majeur sur le bout de ses seins. Le gauche d'abord, puis le droit. Pas trop vite.

Et puis, elle s'est passé sa langue sur les lèvres. Je jure pour pas flancher à ce moment-là, fallait en avoir. Je me suis concentré : j'étais le chanteur de Pénétration Anale. J'ai pas baissé les yeux et pas ouvert la bouche, les cow-boys, les vrais, ceux qui meurent pas lors du duel devant le saloon sont ceux qui ouvrent pas la bouche. Clint Eastwood ! Celui qui parle est le bouffon. Non seulement il triche aux cartes, mais en plus il se fait descendre devant le saloon sa grande gueule qui bouffe la poussière. J'ai souri. Alors Patti Smith a souri. J'ai su à ce moment-là que j'en étais. Avant de tourner à nouveau les talons, Patricia m'a prévenu.

« Tu dis rien à personne, ou c'est mort. Sylvia te dira quand et comment. Tu me plais bien gamin. »

J'ai regardé ses fesses qui m'écoutaient avant qu'elle ne pousse la porte de sa classe. J'ai osé imaginer, tout imaginer. J'ai couru aux toilettes pour me passer de l'eau sur le visage, et puis je l'ai aperçu face à moi au fond du miroir. J'ai vu le petit Bruno qui s'estompait tout doucement, une grosse main qui gommait ce visage encore lisse. J'ai vu un homme que je ne connaissais pas. C'est avec toi que je dois tenter de vivre ? Le reste de ma vie ? Je n'aimais pas ça du tout. Quel reste ? J'ai poussé la porte des toilettes et j'ai baissé d'un coup mon pantalon. J'ai pensé à ça, Alec et moi on a la même.

Et puis merde ! Voilà comment ça c'est passé, je vais vous le dire.

J'avais ce gros bouton comme une taupe en plein jour, toute fière, plantée sur le bout de mon nez. En plus, j'avais essayé de le percer devant le miroir et Aldo qui se marrait. « Faut jamais faire ça, c'est pire. »

Ce matin-là, j'ai débarqué au lycée, ou plutôt mon bouton a débarqué et puis moi traînant derrière. Fernand s'en est aperçu tout de suite. Et ça retord. Je sais pas comment il s'y prenait lui, rien. Pas une trace de travers sur son visage. Ces abominations qui poussent dans la nuit pour vous aider à encore plus baisser la tête en face des filles, à vous rentrer la face de douleur. Et encore, j'étais loin d'être le plus touché. Y en avait, les pauvres ! Bazzanella… Eh bien Bazzanella ressemblait à *Guernica*. Une peau nucléaire qui me faisait presque de la peine. Je l'imaginais tout seul le matin, face à lui-même, soldat démonté devant le miroir, torturé et torturant. La douleur. Il a dû chialer quelquefois le monstre. Moi pour un bouton, j'aurais pu exploser le miroir.

Ce que Fabienne me donnait un jour, on aurait dit qu'elle voulait me le reprendre le lendemain. Était-ce l'excès de mes sentiments ? En faisais-je trop ? Ça la paralysait et elle ne pouvait plus rien me rendre ? Pourquoi ne mesurait-elle tout simplement pas la chance rare d'être aimée comme je l'aimais ? Parfois, elle agissait comme si elle regardait mourir quelqu'un sans rien faire. De la non-assistance à Bruno en danger. Sûr. Moi je voulais qu'elle prenne soin de moi. Mais pas comme une amie, même une meilleure amie. Comme une amoureuse. Nan, comme la femme de ma vie. Quand j'observais ces petits vieux qui marchaient main dans la main dans la rue. Après tout ce temps passé ensemble, ne pas se lâcher la main, c'était d'une classe. Toute une vie à se remplir d'amour. Si Fabienne me prenait la main, je ne la lâcherais plus, plus jamais. Je la tiendrais délicatement, mais bien fermement quand même, et toutes les secondes environ je lui caresserais le dos de sa petite menotte avec le pouce pour lui rappeler que je veille et que toujours je veillerai. Si je perdais quelqu'un de proche par exemple, si papa mourait – j'ai parfois espéré la mort de papa –, j'imaginais mon retour triomphal au lycée, le héros du lycée, la traversée de la cour jusqu'à l'arbre et tous ces visages enfin rivés sur moi.

T'as vu, c'est lui qui a perdu son père, ça y est il est orphelin.

J'imaginais l'éblouissement.

Bien sûr, je ne verrais plus rien, plus personne. J'irais déterminé, le col haut, marchant seul, jusqu'à poser la tête contre mon arbre, le front du héros qui revient avec toutes ces horreurs, et la tête devant le monde, face à l'écorce. J'aurais besoin de me grandir, tout seul, haut et seul, et penser, penser à la solitude effroyable de l'enfant orphelin.

Je ne comprends pas.

Si tu perds tes parents, tu es orphelin. Si tu perds ta femme tu es veuf, mais aucun mot pour les parents qui perdent un enfant ?

C'est si inimaginable, si horrible que…

On ne nomme pas l'abîme ?

Jean-Marc ?

Fabienne s'approcherait de moi par-derrière, elle est petite ma Fabienne, alors quand elle m'enlacerait par le dos, viendrait la douce sensation de ses petites mains chaudes sur mon ventre. Sans rien dire, elle soufflerait dans mon dos, parce que je lui aurais raconté les câlins si précieux de mon papa, quand il passait le chaud dans mon dos de môme de six ans. Alors, je me retournerais presque fragilement, et toutes les statues, les élèves enfoncés dans la cour glacée par la mort du père nous fixeraient. Fabienne me sourirait. La joie du réconfort, les yeux dans les yeux, bien sûr que ça me ferait un bien fou.

Nos visages se frôleraient, avanceraient. La petite main de l'amour dans les mains de l'orphelin. Ensemble vers l'inévitable. Et puis ses yeux quitteraient mes yeux pour dévorer mes lèvres et elle se pencherait définitivement sur moi, un baiser long, un baiser brûlant de petite langue qui viendrait tamponner mes lèvres, celles d'en haut, et puis celles d'en bas, comme pour entrouvrir la porte.

Et puis ma bouche qui s'ouvrirait à son tour et la rencontrerait, la première de nos langues, nos langues qui s'apprivoiseraient très vite. Deux danseurs de tango argentin reproduisant l'acte d'amour sur la piste tout juste éclairée. Nous ne nous embrasserions pas, nous serions le baiser. Et nos haleines destinées l'une à l'autre. Comme cette chaussure de princesse pour un seul pied. Comme si le plus prestigieux des parfumeurs aimantait les essences les plus rares et les plus harmonieuses pour la senteur absolue. À la fin de ce premier baiser, car il y en aurait des milliers d'autres, c'est elle qui prononcerait le mot, celui d'où l'on ne peut revenir en arrière.

Je ne pouvais pas déclarer mes sentiments à Fabienne aujourd'hui, pas avec cet effondrement sur le nez. Je courais au massacre. Je décidai de reporter. Strummer comprendrait.

Nous avons parlé de choses et d'autres, sans aucune importance, ces mots de la grande nuit de l'adolescence, ces mots douteux qui rassurent. Je posais ma main le plus souvent possible sur mon nez pour masquer ma saloperie, en fixant mes grands pieds. Et puis, j'ai remarqué que Fabienne ne m'écoutait pas, pas vraiment. D'habitude quand elle m'écoutait, elle abandonnait ses yeux déments dans les miens.

D'habitude, elle avalait mes mots, et même les plus légers prenaient de la valeur. Nous avons passé toute une récréation, Fabienne, Florence et moi près de mon arbre, les deux amies se lançaient de ces regards complices de filles, comme un ballon qu'elles se passaient l'une à l'autre, sans aucune chance que je l'attrape. Au bout de quelques tours de ce petit manège, Florence a souri, sans retenue, a jeté son menton en avant, comme pour indiquer à sa meilleure amie que c'était par là que ça se passait. Ce type se tenait là-bas tout seul un peu perdu, visiblement un terminale, assez costaud et très brun. Ses cheveux, sa peau très bruns. Le genre de type qui donnait l'impression de revenir de grandes vacances, d'une destination lointaine, un loin qui fait rêver quoi. Ça étonnait dans l'hiver.

J'ai pensé à cet instant à Béatrice Marquez et à son blondinet. Ce type n'aurait eu aucune chance avec Béatrice Marquez, pas son genre du tout. Tout seul, comme ça à l'écart de sa classe, il dégageait quelque chose de fiévreux. Je ne l'avais jamais remarqué avant. Peut-être même était-il nouveau. J'ai continué à parler de rien du tout et Fabienne ne m'écoutait plus. Fabienne aspirait ce garçon qui ne me ressemblait pas. Et Florence qui observait le trouble de son amie et son attitude nouvelle. Florence souriait et ça faisait mal jusqu'au manche. J'ai espéré la sonnerie qui devait nous ramener en classe comme la cloche au bord du ring, la seule capable de sauver le boxeur titubant, rassasié de coups de poing comme des enclumes au bord du KO, les yeux gonflés de sang.

Et c'est à ce moment-là, une éternité, que le petit papier a atterri sur notre table. Je n'ai pas osé le déplier tout de suite. Fabienne s'est retournée deux fois, trois fois, jusqu'à ce que Mme Régnier, notre professeure de maths, lui ordonne de se tenir tranquille. Mme Régnier, vraiment une belle femme. Le genre qui donne envie d'aimer les maths. Elle nous appréciait, c'était sûr, Fernand et moi. On le savait. Les deux toujours assis au fond près du radiateur. Je ne sais pas, nous devions l'attendrir, ces deux mômes avachis, incapables de tuer père et mère pour obtenir de bonnes notes. Mme Régnier portait souvent des pulls très serrés qui dessinaient une poitrine tendue vers le haut et des fuseaux qui bombaient les fesses comme dans les bandes dessinées. C'était pas des fesses de prof de maths. Il ne nous en fallait pas plus pour nous tenir. Elle avait une toute petite voix, un peu comme Fabienne, une voix d'animal qui viendrait de naître ou de copuler, et quand elle écrivait sur le tableau, tout semblait si petit. Du fond de la classe, on ne distinguait pas grand-chose.

C'est à cette époque que ma vue a commencé à mentir. Fernand lui ne voyait rien, rien du tout. Et comme il égarait toujours ses lunettes, il recopiait sur moi tout ce que je piquais du tableau. Parfois au milieu d'un théorème, je glissais des mots, des phrases, « Fernand est un con », et l'autre qui recopiait ça et se retordait.

« Je crois que je suis amoureuse. »

J'ai décanillé le message de Fabienne comme ça sans le déplier, je savais le faire depuis toujours avec des billes. J'étais persuadé que c'était ces mots qu'elle voulait que je lise. J'en étais sûr. Pas besoin de les lire pour les détester plus que ça. Tout en poursuivant son cours, Mme Régnier s'est levée de sa chaise, elle est venue se poster derrière nous, derrière moi. Alors, j'ai senti ses doigts de femme, des doigts qui savaient et qui massaient délicieusement ma nuque de môme triste. L'heure avait sonné. Tout débordait.

Le don de Fernand pour de mémorables conneries était réel. Le don pour le dessin aussi. Il n'a rien dit. Il n'a posé aucune question, il savait et j'étais sûr que le monde entier savait quand je lui ai demandé de dessiner pour moi le visage d'un prince triste. Ça lui a pris tout le cours d'espagnol. On avait jamais vu de prince si triste. J'avais l'impression que son prince fixait quelque chose d'encore plus triste que moi.

Et fallait pas sortir d'une grande école pour comprendre qu'elle en pinçait vraiment pour ce type. Elles avaient commencé par chuchoter de plus en plus dans mon dos, Fabienne, Florence, deux assourdissantes. Ce nouveau, ce terminale, pas vraiment costaud, je dirais plutôt gras, avec ses cheveux noirs raidis à la bombe, on aurait dit un couteau d'huître, il aurait pu crever dans un film de trafiquants de drogue, en Colombie. Jusqu'au moment où Fabienne m'a carrément demandé comment je trouvais ce type. Quelle cruauté ! Une insulte à ma détresse. Je ne comptais plus les couteaux rouillés dans mon ventre. C'est là que j'aurais dû tout balancer, c'était inespéré.

Vous savez l'histoire du judoka, le type qui se sert de la force de l'adversaire pour le contrer et le déséquilibrer et le faire tomber et tout ça. Si j'avais eu le cran. Je n'avais qu'à ouvrir la bouche, même un petit peu, je n'avais qu'à murmurer ou souffler ce mot d'amour, ce putain d'amour, depuis toujours je l'aime, pour la renverser sur le sol de mon tatami, je t'aime.

« Ce gars ne t'offrira jamais la lune. Moi je l'ai déjà attrapée pour toi au lasso, et je la garde bien au chaud dans mon cœur. Viens la chercher. Je t'aime plus que ma vie, Fabienne. »

Rien, Fabienne entrouvrait une porte et je n'avais qu'à coincer le pied dans l'entrebâillement pour que jamais plus elle ne se referme. Rien. Et Joe qui hurlait au-dessus de mon épaule : « Vas-y ! Vas-y ! On n'a qu'une vie, vas-y ! On meurt demain ! » Rien.

Je ne sais pas ce qui m'a pris, c'est à ce moment qu'Alec a traversé la cour, ou plutôt il s'est traîné à travers la cour du lycée, on aurait dit un zombie. Il traînait un sac avec un ou deux livres, pas plus, mais surtout plein de disques. On aurait dit qu'il traînait ce sac depuis mille ans. Un sac aussi râpé que lui. Je l'aimais. Je l'aimais lui aussi. Mais non, j'aurais jamais pu être comme lui, je l'aurais pas assumé. J'ai jeté mon menton dans sa direction et alors j'ai inventé cette histoire pourrie. Y a pas meilleur menteur.

« Écoute Fabienne, tu vois ce garçon là-bas, tu le sais, c'est lui mon meilleur ami, je vais te dire, il n'y a pas plus grande âme, plus grand cœur que mon meilleur ami, il donne tout, il m'a tout donné, on partage tout, on se dit tout, tu le sais, hein ? Je t'ai raconté tout ça mille fois, hein ? »

Maintenant Fabienne regardait Alec. Alors elle a fait :

« Oui, je le sais.

— Eh bien pas plus tard qu'hier soir, Alec m'a avoué qu'il était fou amoureux de toi. »

Je n'ai pas pu regarder Fabienne dans les yeux, les miens luisaient déjà, je le jure, c'étaient des larmes. Alors pour anéantir tout ça, j'ai souri sans lâcher mon

Alec du regard. Au-dessus de moi Joe Strummer ne criait plus. Quand la cloche pour retourner en classe a sonné, j'ai filé. Je venais de planter jusqu'au dernier clou de mon cercueil.

Fabienne n'a pas bougé, moins que vive. Elle ne regardait plus, je le jure, Pablo Escobar, non… Fabienne regardait Alec. Et Alec regardait Fabienne. Guenièvre regardait Lancelot, Lancelot regardait Guenièvre. Je n'ai même pas pleuré sur mon lit, trop choqué pour me vider. Je venais de détruire à grands coups de masse tous mes espoirs, mes rêves, le seul bout d'amour que je portais depuis tout ce temps. J'ai ressorti la vieille photo de maman et papa, toute recollée, rapiécée de partout, d'ailleurs, on ne distinguait plus la bouche de papa. Il souriait, je le savais, depuis toujours, et maman souriait, et toutes ces promesses d'une vie lancée qu'ils s'offraient l'un l'autre en silence.

La photo de leur mariage. Je n'aurais jamais droit à ça. La seule chose qui justifie cette vie absurde, on vit, on meurt, et au milieu l'amour. Eh bien moi je mourrai sans amour. Je mourrai d'abandon, tellement seul que personne ne saura que je suis mort.

Alec est entré dans ma chambre. Je l'ai écouté me donner des nouvelles de la guerre chez lui, sa mère, son père, j'avais la même à la maison. Et puis il m'a parlé de tous ces groupes, ces artistes, ces héros qui traînaient leur carcasse à l'autre bout du monde, ces gars qui nous faisaient rêver. On fantasmait leur vie, et on essayait de la rejouer comme on pouvait chez nous, dans le trou du cul de Vernet-les-Bains. S'échapper. Alec venait de lire ce truc qu'il recevait tous les mois chez lui, un fanzine qui traitait du punk.

« Tu savais que Sid Vicious avait tué sa femme, Nancy Spungen, au Chelsea Hotel de New York ? Chambre numéro cent. La chambre est condamnée depuis. Un jour j'irai là-bas et tu viendras avec moi et on décollera cette putain de porte de l'ennui, on la défoncera, et cette porte morte j'en ferai un passage vers la lumière, ouais des claquements de lumière. Et ils poseront une plaque devant l'hôtel. » Il mimait le type accrochant la plaque.

« Ici, Sid Vicious a tué sa femme dans la chambre numéro cent. Vous pouvez la visiter depuis que le batteur et le chanteur de Pénétration Anale ont défoncé la porte. Surtout ne touchez à rien, sous peine d'abîmer l'histoire. »

J'ai souri. D'habitude c'est moi qui invente des trucs pareils.

« Elle est jolie ta copine. »

J'ai menti encore :

« De qui tu parles ?

— Tu sais celle qui est toujours collée à toi, la petite brune, j'avais jamais fait gaffe à ses yeux. Ils sont incroyables ses yeux, on dirait qu'il y a du violet à l'intérieur.

— Oui. »

Alec me tournait le dos, il cherchait un disque dans la pile posée contre le bureau au pied de mon lit. Il a remué la tête quand il est tombé sur la pochette de Dire Straits.

« Fabienne est folle amoureuse de toi. »

J'ai pas trouvé le ton juste alors je crois que j'ai presque gueulé. En fait, j'avais pas fini de mourir tout à fait. Un léger silence et puis :

« Tu déconnes ? »

De profil, sa crête ressemblait à un râteau édenté.

« Elle me l'a avoué pas plus tard que cet après-midi. »

Il a extirpé soigneusement sans le brusquer le vinyle de sa pochette, il savait que j'y tenais plus que tout. Alors juste après l'intro, Joe a craché les graviers du fond de sa gorge. La police et les voleurs sont dans la rue, oh yeah.

Je ne savais même pas l'heure et la date de mon dépucelage. J'attendais un signe, une espérance fondamentale. Et je passais mes jours sans nouvelle comme des nuits de prière.

J'étais le résistant qui attendait les ordres de son supérieur pour aller faire péter un train. Un chargé à bloc prêt à tout faire sauter, les cavalcades que j'aurais pu mettre. J'en étais au point de me dire que tout ça, c'était peut-être de grosses conneries. J'avais beau tenter des regards appuyés de petite couleuvre, je les ai même croisées plusieurs fois dans un couloir, ni Sylvia ni Patricia ne m'ont offert le moindre renfort. Rien. Aucun signe. J'étais toujours du côté des riens, une pente perdue.

J'aurais voulu en parler avec Alec, ça m'aurait fait du bien. Mais Patti m'avait prévenu, ça risquait de tout foutre en l'air. Je vidais mes journées comme un paquet de rien et tout me paraissait trop long comme vivre. Un long chemin vers je ne sais quoi, ni pourquoi. Je rentrais du lycée, je pleurais sur mon lit en imaginant Fabienne dans les bras d'un autre.

Heureusement, la musique que j'écoutais me dopait. Une ligne électrique dans le cerveau, une secte rien qu'à moi, une terre promise où je devais me rendre coûte que coûte. « Échappe-toi ! Viens nous rejoindre ! » L'Irlande !

Et puis notre musique avec mon groupe, les répétitions, ce groupe me tenait en vie, de l'oxygène à paralytique. On défrichait des terrains. Et Alec s'est ramené ce samedi après-midi avec des bouteilles de vin, un mauvais vin, un mauvais blanc à deux francs la bouteille, ça pouvait pas valoir plus. Du Bienvenue. Du vin de cuisine pour les sauces. C'était marqué sur l'étiquette. Alec devait nous annoncer quelque chose d'immense. Au-dessus de nous, de la salle de répète, sur les cours de tennis, on entendait toujours les cris de ces femmes dans leur petite jupe trop courte. Ha ! han ! hue ! chaque fois que leur raquette claquait la balle, on imaginait de ces choses.

« Les gars, Pénétration Anale va jouer pour la fête de fin d'année du lycée Charles-Renouvier de Prades. » Alec nous a sorti ça comme ça, une bombe aurait eu moins d'effet. « Le proviseur lui-même me l'a annoncé. » Alec a dit ça sans nous regarder, l'air de rien à faire. Calmement, il a frotté ses mains pour en faire sortir un genre de feu, les a secouées, et puis les a reniflées, comme il faisait toujours. Je n'aimais plus quand il reniflait ses mains, surtout depuis qu'il avait fréquenté Fabienne. Nico n'en croyait pas. « Mais tu dis quoi là ? C'est vrai ? » Alec a pris une grande respiration calme, toujours sans croiser nos regards impatients, d'un air presque blasé, sinon tout à fait normal :

« Vrai de vrai, il a fait.

— C'est dingue, c'est génial ! Comment t'as fait ? », j'ai posé la question avant les autres. Pas croyable. Alec le batteur de Pénétration Anale, avec ses fringues mousseuses et sa crête dressée au savon sur la tête, c'était la dernière situation imaginable. Non, carrément impensable. Si j'avais surpris Fernand en train d'embrasser Mme Rajoy, j'aurais été moins secoué. Alec a d'abord souri. Avant de se lancer dans cette explication qu'on attendait tous, il a jeté un œil à gauche puis à droite, ce type avait vraiment le don de la mise en scène. J'ai toujours envié son charisme de fauve argentin, ce truc qui aurait pu m'aider, c'est sûr, avec les filles.

« OK, quand le protale, le crotale a ouvert la porte de son bureau, j'avoue il a d'abord été surpris : "Ah, voyons donc, qu'est-ce qu'il nous veut l'Indien ? Tu vas nous la raser cette crête, hein ?"

« J'y suis allé direct, je me suis lancé : "Merci de me recevoir m'sieur. Avec mon petit groupe de musique, nous répétons dur et nous aimerions… En fait, ce serait formidable si nous pouvions animer la fête de fin d'année du lycée." J'avais eu cette idée dans la nuit du feu », il disait.

Alec savourait notre écoute.

« Euh, le type a d'abord rigolé. Je suis sûr qu'il rigole comme ça quand il punit un de ses mômes à la maison. » Alec parlait calmement comme un curé derrière la grille du confessionnal, mais là c'est nous qui rigolions.

On était maintenant tous les trois, Fernand, Nico et moi, très proches autour du héros. Vraiment très proches, on suçait les paroles. Il en a rajouté. Il nous tenait, il le savait et il était pas peu fier. Ses grands yeux verts se sont éclairés encore un peu plus. Il a de nouveau jeté un œil à gauche puis à droite. On léchait la suite.

« Je n'ai pas bougé, j'ai juste fixé la photo de ses pauvres enfants, là, posée sur le bureau, et sa femme, vous verriez sa femme !

— Bon, OK, et alors ? » Fernand ne rigolait plus, et son visage ne semblait plus le même. Un autre.

« J'arrive, a fait Alec. Le crotale m'a fixé et dans ses yeux trop rapprochés de minus refroidi à la cire, j'ai su que j'avais presque gagné.

« "Et pourquoi pas ? il a fait. On a toujours le même gars qui anime depuis toutes ces années, il est bon d'ailleurs. T'en dis quoi l'Indien ? Il est bon, hein ?

— Oui, il est bon, m'sieur.

— Une petite nouveauté, ça peut pas faire de mal, ça pourrait plaire même. En plus, un groupe d'élèves du lycée, pourquoi pas ? Vous feriez ça avec votre professeur de musique j'imagine ?

— On pourrait, mais ce serait dommage m'sieur, ce serait magnifique de lui réserver la belle surprise. Il serait trop fier de ses élèves qui pratiquent la musique, même en dehors de ses cours." »

Là, on s'est franchement esclaffés.

« Et comment il s'appelle votre groupe ? » a continué le proviseur. « Vous savez quoi j'ai pas réfléchi. Des fois, faut pas réfléchir. » Il sortait souvent ça Alec, trop souvent.

« Mon groupe s'appelle Les Lutins Verts. » Alec s'est remis à se frotter les mains, tout sourires et les a reniflées à nouveau, jouissives les mains.

Avant de dire quoi que ce soit, j'ai d'abord été subjugué par le visage de mon meilleur ami. Un visage que je découvrais encore. Je ne savais pas si c'était le néon très puissant au-dessus de lui, mais son visage semblait briller anormalement, éclairé comme une image de Jésus dans l'église, une sorte d'épiphanie qui avait poussé pour lui illuminer la tête. Et puis une ombre comme les loups parcourait le dessous de ses yeux, j'en avais des frissons. À ce moment, je vous jure, on aurait dit le diable. Et nous trois, eh bien, nous trois, nous nous sommes regardés incrédules, étourdis, KO dans la sauce. C'est Fernand qui a dégainé : « Les Lutins Verts ? Pourquoi verts ? » Il a ri, mon Dieu, comme il a ri, on aurait dit une outre blindée de vibrations. Et puis Nico : « Mais t'es malade ou quoi ? Il est pourri ce nom ! On peut pas jouer sous ce nom-là ! Nous sommes Pénétration Anale, putain de merde ! »

Sans lever la voix, sans quitter les yeux de ses mains, Alec s'est défendu : « Tu veux jouer à la fête du lycée ou continuer à répéter toute ta vie sous le cul des joueuses de tennis ? »

On a levé la tête. J'étais scié, écrémé, je ne savais plus trop quoi penser. Je ne savais plus trop si ce type, mon meilleur ami, que je croyais connaître plus que tout, était un vrai génie ou un futur taré.

Alors il m'a demandé : « T'en penses quoi mon Bruno ? » Quand il rajoute « mon » juste avant Bruno, Alec sait qu'il a déjà raflé la moitié de la mise. Au-dessus, les bûcheronnes en jupes gueulaient toujours plus fort, ha, ha ! han ! hue !

« Les Lutins Verts, c'est vraiment pourri. »

Et puis ça m'est venu en ravalant ma salive : « Eh, les gars, on va chanter *J'encule Charles Renouvier* à la fête du lycée Charles-Renouvier ! C'est punk ! » Alors Nico a rejoint Fernand qui s'étranglait, et puis Alec et puis moi. On a fait tourner la bouteille de Bienvenue, et Alec a terminé.

Le proviseur a fait le tour de son bureau, s'est tranquillement assis, a fait mine de fouiller dans un dossier devant lui, et puis a dit : « OK. » Il a dit : « OK », mon sauvage.

« Allez, file ! » Avant de sortir, Alec a offert son plus beau sourire, un sourire de fiançailles avec des promesses de nuit de noces : « Merci m'sieur. »

Et juste avant de fermer la porte il a fallu que le vieux crotale en rajoute :

« Eh, l'Indien, et tu me coupes cette tignasse dégueulasse, pas d'Iroquois chez moi !

— J'y manquerai pas m'sieur ! »

Incroyables fiançailles du crotale et du fauve.

À ce moment-là, j'ai su qu'Alec était un génie. Et puis, il faut être un peu taré pour être un génie. J'ai repensé à Fabienne, juste pour. J'étais triste, oui, c'était ma faute, si elle avait fréquenté mon meilleur ami, mais Alec quand même, il jaillissait du lot des incapables.

Sylvia au bout de la cour. Ne regardait que moi, souriait. Le sourire d'une maman qui cache le cadeau derrière son dos. Même scène, même endroit, Sylvia avec une rose rouge dans sa main gauche. Sans lâcher mon regard, elle a sorti le papier de sa poche arrière et l'a accroché dans notre arbre. Notre refuge. Notre planque de douceur. Notre témoin.

Cet arbre presque laid et si beau, si seul, qui faisait maintenant partie de notre vie. En tout cas, il faisait partie de la mienne. C'est lui qui m'avait soutenu quand j'avais regardé Alec et Fabienne s'enfuir vers leur premier baiser. C'est par lui que Sylvia m'avait transmis ce message irréel, celui qui m'offrait le nom de ma première maîtresse, et aujourd'hui c'est lui encore qui jouait l'entremetteur. Sylvia m'a indiqué du bout de sa rose et puis comme la première fois, elle s'est évaporée dans sa vie de recluse.

Enfermée dans sa prison de solitude, harcelée par le monde, une fleur, plantée par erreur, par accident, par horreur, dans ce jardin ignoble de la cruauté. Les enfants sont des bourreaux.

C'était le signal, enfin. Celui que je n'espérais plus. Le grand jour.

J'étais prêt à faire péter mon train. J'ai bu une longue gorgée de salive, j'ai traversé la cour. Cette fois-ci j'ai remarqué tout de suite, dans l'entaille d'une écorce, Sylvia avait coincé son papier rose si bien plié. Après l'avoir glissé dans la poche arrière gauche de mon jean, j'ai foncé directement vers les toilettes. J'ai verrouillé la porte.

« Est-ce que tu es prêt ? Patricia est prête. Elle veut faire ça un jour particulier pour toi. Que dirais-tu du 28 juin ? Tu m'as bien dit que c'était ton anniversaire ? C'est toi qui dois choisir le lieu. Si c'est bon pour toi, reviens demain au lycée avec ton horrible pull couleur vin. On comprendra toutes les deux de quoi tu es capable. Ça me manque parfois nous deux. Sylvia. »

Peut-être la sonnerie, peut-être. Peut-être l'heure de retourner vers mes quinze ans, dans ma classe de seconde, avec les autres, peut-être. J'ai baissé mon pantalon et j'ai empoigné mon sexe, et j'ai serré fort mes doigts. Fort.

Je n'ai pas pleuré sur mon lit en regardant mon petit ours en peluche. Mon doudou avec son œil crevé. Je ne savais même pas si on ne m'avait pas menti depuis tout ce temps. Comment aurais-je pu garder ce truc-là depuis toutes ces années, moi qui perdais toujours tout ?

Était-il vraiment à moi ? Était-ce réellement mon doudou ? Est-ce que maman m'avait vraiment offert ce petit ours avec son odeur de cumin et tout, comme l'affirme depuis toujours ma grande sœur Sandra ?

Il était temps de nous séparer. La lettre, les mots de Sylvia signaient l'arrêt de mort de mon enfance, je ne me voyais pas coucher avec Patti Smith, et puis retrouver juste après mon œil crevé, qui m'attendrait comme depuis toujours sur mon oreiller. Pas possible. Je l'ai embrassé une dernière fois, et je l'ai étouffé froidement dans un sac en papier kraft marron avant de l'enterrer dans la poubelle de la cuisine. Là, j'ai pleuré.

Combien de fois fait-on l'amour dans une vie ? Est-ce la première fois la plus importante ? La plus marquante ? Faut-il le refaire juste après, comme quand on tombe de cheval ? Faut-il remonter sans réfléchir sur sa monture ? Est-ce qu'il faut compter ? Est-ce qu'il faut faire des petites croix dans un carnet comme les pilotes sur le fuselage de leur avion chaque fois qu'ils descendent un ennemi ?

Je n'ai pas dormi de la nuit. Comment dormir ? Et pourquoi surtout ?

J'ai décidé de me séparer de mes billes aussi. Il fallait vraiment que je laisse tout ça derrière. Fallait me rendre, mon anniversaire arrivait, j'aurais seize ans dans une poignée de jours et il me restait si peu de temps pour me préparer à être un homme. Est-ce que j'aimais ça l'idée d'être un homme ? Moi j'étais bien là où j'étais, le petit dernier, celui qui avait perdu sa maman et qu'on regardait tendrement, presque avec pitié. Et j'aimais tellement ça qu'on me plaigne. J'éprouvais comme de la béatitude à être un damné. Je vivais chez mon père, mon père avec sa nouvelle femme, bien sûr c'était souvent la guerre entre eux, mais j'étais habitué à la guerre des autres.

Sandra, Gina, Aldo n'étaient pas trop souvent à la maison, chacun poursuivait des études, une vie ailleurs, et quand ils revenaient chez nous, ils s'occupaient de moi, toujours, encore, comme avant. J'étais toujours le plus petit de la maison. Je n'avais aucune raison de fuir mon enfance. Mais Patricia. Ses seins libres sous son tee-shirt au-dessus des fesses sauvages. On m'offrait Patti Smith pour le premier coup. La barre était haute. Haute et forte.

J'ai retrouvé un album de figurines Panini tout au fond d'un tiroir, celui des dinosaures. J'ai repensé à tous ces moments passés avec ma sœur Gina, on achetait ces vignettes pour quelques centimes chez Mme Gravas, la buraliste, et on s'appliquait des heures entières à les coller le plus soigneusement possible. J'ai ouvert l'album, un diplodocus, un long cou s'étalait sur deux pages, ça représentait au moins une quinzaine de vignettes. Au bout de sa queue à lui, un bus londonien rouge tout petit. C'était pour l'échelle, pour se rendre compte de la taille du monstre. Je ne suis pas allé plus loin. J'ai déchiré l'album, je l'ai massacré. Et puis j'ai détruit la maquette d'un Mitsubishi Zéro exposé sur mon étagère depuis toujours. Et puis l'avion du baron rouge aussi. La maison dormait. Je suis monté tout en haut sur la terrasse avec les billes. L'énorme sac de centaines de billes arrachées à la sueur de toutes ces récréations d'école primaire. La nuit était sauvée, elle me regardait comme une amie avec ses étoiles si proches. D'abord une à une puis poignée par poignée, j'ai balancé les billes en direction de la lune. Je n'étais plus un enfant, je n'étais pas encore un homme, j'étais une putain de catapulte sacrément efficace.

Au loin, j'entendais le bruit de ces rafales qui explosaient les tuiles des maisons alentour. Un dérèglement jouissif. J'ai continué jusqu'à ce qu'une lumière démarre en face, et que la voix d'un homme tout juste réveillé se casse contre la nuit. Je me suis blotti contre le mur, souriant dans la pénombre. La lumière s'est éteinte. Alors j'ai vidé ce qu'il restait du sac de billes dans la gouttière en ferraille qui descendait en bas de notre façade jusqu'à la rue. Le bruit ? Une apothéose. Le final d'un feu d'artifice un jour de révolution. Ce moment où les « Oh ! » et les « Ah ! » de la foule extatique précèdent le tonnerre. Des dizaines de lumières se sont ouvertes, une guirlande de Noël. Plusieurs voix très énervées ont jailli de la nuit sublime. Alors lentement, j'ai déplié mon corps face à l'univers. J'ai ouvert les bras comme le ferait un chanteur populaire à la fin de son spectacle devant la foule en délire. Et j'ai hurlé de toutes mes entrailles : « Je vous emmerde, je suis un homme ! Venez vous battre ! »

Nous étions début juin, l'été bondissait et il fallait, c'était le pacte total, que je porte ce fameux pull de la honte.

Le pull couleur vin tricoté par mémé. Toute une journée au lycée. Après tout, je n'étais obligé de rien, et puis il faisait si chaud. Mais si je voulais coucher le jour de mon anniversaire avec la rock star du lycée, je devais en passer par là. C'était le deal. Sylvia et Patricia n'avaient pas trouvé autre chose, l'acte qui devait sceller notre accord, il fallait que je montre de quoi j'étais capable. En gros, si je portais sur le dos cette horreur, ce mouton sanguinolent toute une journée, ça voulait dire : « Oui, les filles, j'accepte tout ce que vous me proposez. J'accepte que le jour de mon anniversaire la Miss Monde du lycée Charles-Renouvier me dépucèle dans un lieu choisi par mes soins. »

Faites de moi ce que vous voulez, je le veux aussi. Quand j'ai quitté la maison ce matin pour aller prendre le bus à l'arrêt de la poste, papa m'a regardé, navré.

Ou plutôt triste. Il a toisé mon pull comme on regarde une vitre brisée.

« Ça va l'école ? Tu veux qu'on parle ? »

Mon pauvre petit papa !

Fernand ne pouvait plus s'arrêter. Il tirait comme un gosse sur les mailles de ma serpillière. Comment lui en vouloir ? C'était ridicule. J'étais ridicule. Si le ridicule tuait, je serais mort un matin et je ne connaîtrais jamais l'Irlande. Je serais mort mille fois dans d'atroces souffrances.

Quand j'étais au collège, les jours du printemps qui arrivaient et ces cours qu'on séchait de plus en plus régulièrement comme pour rendre hommage au grand soleil dehors, c'était presque une insulte à la vie de rester en cours. Et ce type qui faisait son marché sur la place de Prades. Il portait un masque d'apiculteur sur la tête, une phobie des abeilles nous avait-on raconté. Tous les mômes en parlaient. Quand ils le croisaient en ville, ils le montraient du doigt. Ils se moquaient de ce cinglé avec son masque sur la tête. Ce cinglé, c'était mon grand-oncle, le frère de mémé Stella. Je baissais les yeux lâchement. Bien sûr je le connaissais. Angelo. Il avait de grands yeux comme deux calots bleus délavés. Et une grande barbe blanche. Comme son père. Mon arrière-grand-père. Angelo, un fou qui m'observait de tout en haut du grand escalier de leur grand mas au-dessus de Prades quand j'allais leur rendre visite. Il me reste ça. Et puis la musique bien sûr. Il reprenait au piano d'oreille des œuvres de grands compositeurs. Et moi, j'avais honte de croiser ce type tous les jours de marché sur la place de Prades. Et les autres qui se moquaient, et moi qui n'ai jamais avoué… Je me faisais honte. Un jour, il avait dû égarer son masque, Angelo se promenait avec une grosse boîte de conserve d'olives sur la tête. Avec deux trous pour les yeux et un autre pour respirer. Mon grand-oncle.

Alors, mon pull de chèvre.

En traversant la cour, j'ai réalisé la démence de mon acte. Tous les terminales avaient le doigt pointé sur moi. Tous les enfants normaux portaient l'habit adéquat pour l'occasion : un tee-shirt. Les filles en minijupes. L'été quoi !

Bruno, lui, n'avait rien trouvé de mieux que de remettre son gros pull d'hiver avec sa coupe de cheveux, ce gros rat qui lui pendait sur sa nuque, il ne lui manquait plus que la moustache de Freddie Mercury.

Mais Bruno déjà en sueur savait le prix à payer pour atteindre le Graal. Rigolez ! Dans une poignée de jours, c'est pas vous qui enroulerez vos jambes de puceaux autour d'elle.

Patricia ? Patou ? Patti ? Je l'ai carrément défiée, j'ai bloqué le passage dans le couloir, là où j'avais chaque fois baissé les yeux, et j'ai planté mes yeux entre ses seins, parfaitement, je l'ai fait. Au point où j'en étais. Elle était plus belle que la vie. Sur le côté de son tee-shirt Ramones, on pouvait apercevoir. On pouvait tout voir. Deux poires blanches prêtes à exploser. Son maquillage noir qui transpirait juste comme il fallait sous ses yeux n'était pas rock'n'roll. Il était *le* rock'n'roll. Patti Smith a souri. J'ai ressenti à cet instant de la fierté. J'ai frissonné comme si je devais monter sur scène pour mourir devant des milliers de fans. Le rock'n'roll s'est approché de moi. Quasiment front contre front. Patti a empoigné ma queue de rat et a lâché ses lèvres sur les miennes. « Bien joué joli môme. Je passerai ton anniversaire avec toi, et c'est où tu veux… »

Et puis. Et puis la sauvage a continué sa route. Et puis je ne sais plus. J'ai espéré à cet instant que le monde entier ait assisté à la scène. À cet instant, j'ai espéré que Fabienne ait tout vu. J'ai pensé que tous les puceaux du monde entier n'avaient qu'à bien se tenir. Ils n'avaient plus qu'à s'y mettre : ériger une statue de marbre en taille réelle à mon effigie. J'ai couru jusqu'aux toilettes et j'ai baissé mon pantalon jusqu'aux genoux, elle était là, au même endroit, mais déjà plus la même. J'ai ôté mon pull comme on se dépècerait de l'armure le soir après le combat, et je suis allé l'attacher à une des branches rachitiques de mon arbre tout au bout de la cour. Il en avait vu d'autres.

Ce n'était plus un arbre, plutôt le tentacule de Méduse devant son radeau un soir de déluge. Je n'étais plus un élève parmi d'autres dans cette cour écrasée par le soleil du Sud. Non, j'étais le courageux rescapé d'une agonie, d'un terrible naufrage pour qui la terre au loin approchait enfin. Quelques applaudissements et sifflets sont montés du fond de la cour. J'ai regardé ces abrutis qui ne savaient pas et j'ai salué mon public. Alec est venu me rejoindre. Il a plongé ses yeux si verts dans mes yeux si loin, il a remué sa tête de gauche à droite sans les lâcher, comme pour me dire que j'étais le plus punk de nous tous, le plus humain.

En cours de sciences naturelles, je l'ai remarqué tout de suite, Fabienne était différente, elle était perdue, éloignée, ailleurs. Fabienne était triste. Je voulais que Fabienne soit triste, qu'elle souffre, j'ai imaginé qu'elle meure, là, devant moi, d'amour. Une chose était sûre, Fabienne avait assisté à la scène. Bruno et cette terminale roulée comme une femme. Je me suis levé et du fond de la classe, j'ai invectivé Mme Rajoy, si petite qu'elle ne pouvait écrire avec sa craie qu'à partir de la moitié basse du tableau.

« Madame ! Madame ! »

Et elle, sans se retourner :

« Caliciuri, qu'est-ce que tu veux encore ?

— Madame ! Je ne vous aime pas ! »

Je ne sais pas trop ce qui est passé par ma tête, Patti, Fabienne, la couleur de mouton pendu sur l'arbre, il fallait sûrement que la journée soit complète, tout explosait comme des petites bulles de lave dans mon crâne.

Je n'ai pas attendu que Mme Rajoy me renvoie de son cours, je suis parti tout seul. Le panache. J'ai laissé Charles Renouvier derrière moi. J'avais l'impression de le quitter pour toujours, j'ai tendu le bras, et la voiture grise d'un vieux monsieur s'est arrêtée.

Après huit voitures. J'aimais les compter. Il m'a souri. Dans ses yeux j'ai vu l'histoire d'un type qui avait oublié sa vie ou quelque chose comme ça. Je l'ai laissé me sourire. Peut-être me regardait-il comme il regarderait l'enfant qu'il n'avait jamais eu ou qu'il avait perdu. Il s'est arrêté de sourire. À cet instant, il aurait pu me poser la main sur la cuisse, je l'aurais laissé faire. La vie s'enfuyait entre mes doigts et je roulais à contresens, prêt à percuter n'importe quel camion. Je ne sais pas s'il m'a cru quand je lui ai dit que j'avais sauté cinq classes et que j'étais professeur d'anglais au lycée de Prades. « Ah ! C'est formidable ! » il a fait. Et puis, son sourire est revenu, un sourire gentil, jusqu'à Vernet.

La maison était vide. J'ai foncé jusqu'à la chambre de Sandra au fond du couloir et là je l'ai fait. J'ai déshabillé sa grande lapine en tissu bourrée de coton, grande comme une naine souriante. Avec deux doigts j'ai déchiré le tissu entre ses jambes, j'ai défait ma ceinture et j'ai baissé mon pantalon. J'ai remué, vite, très vite, un lapin. « Bruno ! Bruno ? C'est toi ? »

Papa montait l'escalier. J'ai sauté du lit, la lapine souriait toujours. La dernière vision, une stalactite de coton qui pendait entre ses jambes. J'ai couru jusqu'à mon père et je me suis jeté dans ses bras. Je voulais qu'il m'étouffe, qu'il m'écrase, je voulais qu'il ne me lâche plus, jamais. Je voulais qu'il me lave, qu'il me dépèce, je voulais retrouver mon corps d'enfant, de petit enfant. Enfoui, bâillonné, perdu sous toutes ces saloperies, je voulais reculer, disparaître, revenir, jusqu'au bout revenir, douze, dix, huit, six, trois ans. Je voulais mes trois ans. Maman, papa heureux et moi entre eux, entre leurs deux corps d'amour tout chauds, niché au fond de leur grand lit, noyé sous leurs sourires, je voulais ça et plus rien d'autre.

« Qu'est-ce qu'il se passe ? Tu n'es pas en cours ? Tu es malade ? Qu'est-ce qu'il t'arrive ? »

Qu'est-ce qu'il m'arrive ?

Aujourd'hui, j'ai été la risée du lycée, j'ai embrassé Patti Smith, j'ai fait du mal à Fabienne, l'amour de ma vie, et j'ai attaché le pull de mémé à une branche de l'arbre au milieu du lycée pour construire le bateau du désespoir, j'ai insulté ma prof de sciences naturelles et quand tu es arrivé, j'étais en train de violer la lapine de Sandra.

« Rien papa, je ne me sens pas très bien, voilà tout. Envie de vomir.

— J'appelle le docteur Fayet ?

— T'inquiète, non papa, ça va beaucoup mieux déjà. »

Papa a souri, il tenait mes épaules du bout de ses bras de muscles.

« Bruno, tu vas avoir un petit frère. »

J'ai regardé mon papa, mon petit papa, il était différent. Était-ce la lumière ?

Son visage était bien plus clair que depuis toutes ces années perdues. Comme s'il acceptait que la vie lui offre une nouvelle chance. Pendant ces quelques secondes, papa s'en était sorti. Il n'était plus le noyé qui descendait vertigineusement depuis tout ce temps, plus profond que le plus profond.

Alors j'ai posé la question idiote qui blesse toujours :

« Vous le désiriez ? »

Je n'ai pas pu la regarder en face. La peur que ce tableau ne tombe sur la tête. Elle l'embrassait, ce brun, ce gros. Encore plus gros avec ma petite souris dans ses bras. Et elle qui agrippait le ventre mou de ce type comme si elle tenait les barreaux d'une cage. Il en profitait le salaud. Il avait plongé sa langue dans la bouche de mon amour. Il la broyait dans ses bras, elle les yeux ouverts, des yeux grands ouverts mais qui ne voyaient plus. Des yeux qui avaient perdu, des yeux qui ne suppliaient pas, des yeux qui ne croquaient rien du tout. Des yeux de morte avant qu'on ferme le couvercle.

« Faites de moi ce que vous voulez », semblaient dire ses yeux. J'ai pris mon arbre dans les bras, je l'ai enlacé et j'ai frotté ma joue jusqu'à la brûler contre l'écorce. Alors j'ai marché vers eux. Je n'étais plus qu'à un souffle, un souffle dégueulasse, comme les cheveux gras de ce type que je voyais de si près et qu'elle caressait maintenant ses yeux dans les miens. Deux banderilles dans le cou du taureau assassiné. Quand elle a compris qu'elle pouvait me faire souffrir plus encore, Fabienne a pris les mains de l'autre et les a posées sur sa poitrine. La mienne, celle qui m'était promise, *mon rêve plus puissant que mille réalités.* C'est là qu'elle a souri, c'est quand il a caressé, malaxé, abîmé, sali ses seins de pas encore femme. J'ai souri. Oui, j'ai souri moi aussi, tellement je pleurais. J'ai marché jusqu'aux toilettes sans plus rien voir tout autour. Il m'a pris la main. Alec a fermé la porte derrière nous, à genoux j'ai empoigné le rebord de la cuvette, mon Alec a posé sa main sur mon front brûlant, alors j'ai vomi.

« Ça va aller Bruno. »

Nous avons bu toute la nuit. La soirée a commencé au café Chez Jeanine. On a bu verre sur verre. Du rosé, du pas cher. Rosé sur rosé. C'était pas le Bienvenue mais pas loin. On a tout dépensé. Alec avait piqué un billet dans la poche du costume de son père. Pénétration Anale au complet pour célébrer ma détresse. Enfin, les autres rigolaient et déconnaient, et moi je célébrais ma détresse. Je les regardais, j'observais passionnément mes amis, l'œil divinement torve. Je les écoutais, je crois que je souriais même, je savourais l'ivresse. Mon corps se réchauffait peu à peu, au rythme des verres que je m'enfilais sans faiblir. Le café Chez Jeanine, le rendez-vous de la jeunesse de mon village. Tous ces gens qui faisaient ma vie, qui étaient ma vie.

Le bar se remplissait, débordait maintenant. Des filles dégoulinantes de beauté, Julie, Éva, Marie-Luce, Armelle, et ces voix, toutes ces voix de miel qui s'enfilaient autour. J'ai entendu gueuler et applaudir, et c'est moi qu'on applaudissait et qu'on sifflait.

J'étais debout sur une table, j'avais agrippé la vieille horloge en haut du mur, et je tournais les aiguilles à l'envers. Je voulais remonter le temps, que le bar ne ferme jamais plus, que la nuit ne s'arrête jamais plus. Je voulais mourir dans ce bar, je voulais rester dans ce bar pour toujours. Jeanine a lancé comme à son habitude : « Les enfants, au lit ! » Jeanine, ce petit bout de vieille si douce et si autoritaire à la fois, un charisme. Elle aurait fait plier n'importe quel brutus.

Elle tenait la baraque depuis trois générations. Nos parents, nos grands-parents, sont venus se saouler avant nous chez Jeanine. Alors la meute pétillante a déserté le bar et s'est engouffrée vers la sortie, vers la nuit magique qui ouvrait ses bras à la jeunesse. On s'est tous retrouvés sur la place joyeuse, juste au-dessus, en haut du petit escalier en pierre. J'étais bien, j'étais heureux, je voulais que le monde entier soit heureux comme je l'étais, j'embrassais tout le monde, filles, garçons, j'aimais tout le monde et le monde entier m'aimait.

Comment s'est-on retrouvés là ?

La dernière image, c'est Alec tout en haut du plongeoir de la piscine, il exhibait ses fesses la tête à l'envers entre les jambes, et puis il écartait ses fesses, et puis il a déféqué dans la piscine municipale de Vernet-les-Bains.

Et puis plus rien.

Je ne suis pas retourné au lycée jusqu'au concert. Les autres non plus d'ailleurs. On s'est engouffrés dans la proposition que le crotale avait faite à contrecœur. « Pendant les examens du bac, les élèves de seconde peuvent rester chez eux. Nous avons besoin de réquisitionner toutes les salles pour les épreuves, et vous n'allez pas traîner dans les couloirs. »

C'était pas mal la seconde, c'est peut-être pour ça que Fernand allait y rester une troisième année.

Le crotale n'a pas pu s'en empêcher de remoufter :

« Et puis, ça me fera des vacances de plus vous voir. Des vacances jusqu'aux vacances. »

Il a rigolé d'un rire mauvais, le rire de quelqu'un de mauvais. De toute façon, je ne voulais plus les voir, elle et lui, et puis je n'avais plus la force pour tout ça.

Ces jours inutiles, je n'arrivais même plus à écouter de musique. Je n'arrivais plus à pleurer. C'est en souffrant sans larme qu'on se rend compte combien il peut être salutaire de pleurer. On s'est tous réunis, tout le groupe, une dernière fois chez Alec. Dernière réunion avant le concert. C'était moi le chanteur mais Alec avait ce charisme naturel, le capitaine qu'on écoutait, qu'on suivrait passionnément, et puis ça m'arrangeait un peu de pas être le vrai leader de Pénétration Anale. Trop de responsabilités.

« Hey ! On y est ! il a dit. Vous connaissez l'histoire du cheval de Troie ? Le groupe éphémère Les Lutins Verts va pénétrer dans notre lycée, et c'est Pénétration Anale qui va tout exploser à l'intérieur. »

Une implosion libidinale.

Alec me fascinait, il n'y avait que lui pour sortir des trucs pareils. Il nous tenait, nous galvanisait. La lanterne qui nous guiderait jusqu'au bout du calvaire. Je n'aimais pas avoir quinze ans. Mais normalement mes seize ans qui arrivaient devaient démarrer par un feu. Je m'accrochais à ça. Seize ans le 28 juin. Patti Smith. Faire l'amour. Tout ça, je le répétais régulièrement pour m'habituer. L'accepter. Accepter que je vivais vraiment cette vie tracée comme un tag raté sur un mur de silex gris. Si j'avais pu, à cet instant, j'aurais tout raconté à ma mère. Ma mère ? Je ne l'appelais déjà plus maman. Je ressentais des choses bizarres, comme si mon corps craquelait, comme si on m'imposait de vieillir, de courir vite et en boitant, de fuir en avant, comme si on avait caché de la drogue dans mes chaussettes, au fond de mon pied bot, juste avant de passer la frontière.

J'aspirais à une vie normale. Pas normale, unique. J'avais toujours lorgné avec envie, pas loin de la jalousie, les couples qui vivaient le coup de foudre très jeune. Ces couples qui ont su dès le début.

L'histoire de cette femme qui meurt très vieille et son mari qui ne peut supporter et qui s'éteint quelques heures plus tard. Il meurt car sa vie avec elle et rien d'autre, et puis sa mort avec elle et rien d'autre. J'aurais dû vivre ça avec ma Fabienne, n'était-ce pas écrit ?

On s'était vus, vraiment trouvés, ce premier jour d'école. J'en étais sûr. Et c'était moi le responsable de ce sourire immense. Je lui avais ouvert le visage. Elle avait éclairé le mien. On avait qu'à patienter un peu, pas trop. Juste le temps de se renifler, et j'avais juste à me baisser pour ramasser ce cadeau de la vie. Si j'avais entrouvert les lèvres à ce moment-là. Si j'avais prononcé les mots, on n'en serait pas là. Tout était ma faute. Peut-être serions-nous déjà en train de changer les couches du petit Antoine à cette heure. Vous imaginez les yeux ? Une saveur d'étoiles. Vert-violet pour elle, vert de mon côté. J'avais tout gâché, ou bien c'était elle. À cette heure, elle embrassait ce type qui pouvait appartenir à n'importe quel cartel de drogue de Colombie. On la retrouverait tapée dans une prison pour prostitution. Leur môme ? Pedro. Ils l'appelleraient Pedro. Ses yeux ? Du marron foncé couleur de merde. Des yeux trop rapprochés. Je m'en foutais.

On avait bien répété, on tenait nos quatre chansons. Heureusement, Nico jouait vraiment très bien. Il sortait des sons vertigineux de sa guitare, avec juste une toute petite pédale d'effet, noire, marqué « Rat » en blanc dessus. On aurait dit qu'il lançait du goudron à l'univers avec un arc-en-ciel.

De toute manière, je l'avais dit aux autres, j'étais persuadé qu'on passerait pas le cap de la première chanson au concert. Alec voulait absolument qu'on démarre par le tube *J'encule Charles Renouvier*. Il voulait qu'on soit hauts, très hauts, tout de suite. C'est comme au concours de saut à la perche, on plaçait direct la barre à six mètres. Moi j'étais pour. Les autres aussi. On aurait suivi Alec n'importe où du moment que ça partait loin. On était tous là assis autour de lui dans sa chambre à refaire le monde. Comme on savait le refaire, le défaire, le faire autrement.

Sa maman Marie-Josée est entrée tout doucement, sur la pointe des pieds. Quelle douceur ! Depuis toujours. Elle nous a proposé à boire et puis :

« Si vous voulez peindre les enfants c'est maintenant, après il fera trop nuit, vous n'y verrez plus rien. »

Alors Alec s'est redressé, comme un danseur du Bolchoï, il a extirpé de derrière la penderie un puis deux puis quatre gros seaux de peinture noire.

« Les gars, j'ai besoin de vous. »

Et sa maman qui souriait : « Il est fou ! »

Je l'aurais embrassée… Je le faisais plus jeune. Son fils avait décidé de peindre sa chambre tout en noir et elle était d'accord, et elle irradiait. Je l'aimais sans limites la maman d'Alec. Alec a tendu à chacun un pinceau bien large, on s'est pas fait prier. Fernand rigolait. Non. On était tous asphyxiés. Cette fin d'après-midi-là, nous avons repeint en noir la chambre de mon Alec. Tout noir. Les murs, le plafond, une pure folie, à une vitesse. L'album *Feline* des Stranglers. On chantait, on hurlait, on peignait comme des enfants encore libres. On en balançait partout, on était quatre mômes heureux et sauvages et puis l'amour.

Les jours offerts par l'été ne m'offraient rien.

Les gens autour, les autres, semblaient tous beaucoup plus heureux. Sous ce soleil qui ne plongeait jamais plus derrière les montagnes. Un calme étrange s'était installé dans notre maison depuis que mon père et sa femme attendaient mon nouveau frère. C'était peut-être ça la vie, un petit frère à qui j'allais tout apprendre. Je lui apprendrais à aimer, oui, mais pas trop vite. Pas trop fort. Le coup de massue que m'avait asséné la vie si subitement derrière la tête ne toucherait pas mon petit frère. Et puis, en réécoutant sans arrêt ce groupe, U2, j'étais maintenant convaincu que ma vie était ailleurs.

U2, la seringue dans mon bras d'enfant. Ces gars brûlaient vraiment la flamme. Je ne les connaissais pas encore, qu'importe, enfin si, j'avais croisé Bono, c'était pas encore un ami, mais dans ses yeux, avant le concert, j'avais compris qu'il pouvait me laisser les clefs de chez lui à Dublin. Ces gars étaient définitivement mes amis. Bono. Quand c'était pas Joe qui me lançait sa rage, c'était lui qui me pointait quelque chose au bout de ses yeux. La liberté. Partir. Échapper. L'Irlande. Inconnu. Et pourquoi vivre sinon ?

Je me répétais maintenant sans arrêt ce mantra : « On meurt demain. » Si on mourait le lendemain, il fallait dévorer la vie maintenant, découvrir autre chose et piétiner le fantôme de cette fille, Fabienne, qui avait allumé mon cœur pour éteindre l'incendie juste après. J'ai réécouté en boucle cette chanson jusqu'au bout de la nuit, je savais. Je savais qu'ils savaient. Le magot se cachait là juste derrière, ces quatre Dublinois que je ne connaissais pas me tendaient la clef, une clef dorée.

Alors j'ai compris.

Tout s'est illuminé d'un coup. J'embrassais quelque chose. Et puis ce piano froid, l'introduction lente jusqu'au chant de l'enfant pur. Alors j'ai vu la petite chapelle tout là-haut, au-dessus des falaises, par-dessus le vent qui protège. Ce môme m'indiquait clairement le chemin, j'entendais l'octobre de l'Irlande magique, l'Irlande m'appelait, m'invoquait, je la voyais lourde et majestueuse comme une prairie de cavale. Je me voyais nu sous cette lumière froide de l'automne, seule la lumière est irlandaise, seule capable de nettoyer les ténèbres enroulées autour de mes quinze ans.

C'est à la dernière écoute que j'ai pris la décision, c'est même au bout du dernier accord suspendu et le son qui se couche juste après, partir. M'enfuir. Rejoindre l'ailleurs que j'aimais déjà. Balafrer l'enfance, déchirer la confiance, ce lien magnifique que papa avait tissé les bras tendus autour de mon cœur d'enfant. Et poignarder mes amis, mes frères dans le dos, les trahir. Trahir la misérable existence d'une misérable vie, une existence étouffée dans les peurs qui crèverait par le plafond. Partir, les laisser pour morts, à l'arrière de nos plus beaux rêves, plus beaux que ne seront jamais les leurs, les autres, les rêves si étroits des autres. Quitter le groupe, trahir mes frères. Je n'aimais pas ce que je pensais. Je détestais cette idée, Joe Strummer détestait cette idée. Je savais que la vie battait ailleurs, m'espérait, je ne le savais pas, je le croyais, à la vitesse où je devais battre, très vite, mon cœur. Et si Alec m'aimait, il m'aimerait toujours.

Je devais faire l'amour pour la première fois, je devais découvrir l'amour, je serais le premier de nous à le faire, et c'est toi, Alec, qui m'offrait la couche, qui m'ouvrait le passage.

Alec, mon Alec, à six ans, j'ai grimpé cet escalier mille fois pour te rejoindre, pour me cacher, me sauver dans les bras de mon meilleur ami. Et maman qui me manquait à crever. Ta maison comme un refuge, une résistance à la douleur. Je la voyais en face, l'autre, bien sûr, juste en face. Elle m'avait toujours intrigué cette maison vide. Ces volets fermés, jamais personne. Comme la marionnette d'une vieille princesse jamais enfilée par aucune main, posée par terre, même pas saccagée, jamais choisie pour jouer la pièce des autres. Si j'avais su. Alec avait décidé que c'était là, dans cette maison fantôme en face de la sienne que je découvrirais l'amour. J'ai même rien dit. Je regardais Bruno qui regardait la terre. Et cette bâtisse tout en haut de ces marches.

« Écoute, mon Bruno, je n'ai jamais vu personne dans cette maison. J'y vais des fois la nuit pour me faire un peu peur. Il y a tout, tout je te dis : les lits sont faits, prêts à s'ouvrir, tu verras, même la table est mise. Cette maison retient juste son souffle. Cette maison attend quelqu'un depuis toujours. C'est toi qu'elle attend. »

Il a souri. Je l'ai embrassé. J'ai embrassé Alec, on s'est embrassés, mais cette nuit d'avant, je devais la passer chez moi, il fallait dormir un peu. Il fallait dormir dans mon petit lit d'encore enfant, ma dernière nuit d'enfant. Je la devais à cet enfant. Alec a extirpé de sous son oreiller un tissu rouge, vieilli, griffé, fatigué. Comme s'il osait me montrer son doudou vieux de toujours.

« Regarde notre sous-pull rouge. Tu te souviens ? Habillés toujours pareils, toi, moi, sous-pull rouge, short bleu, tu te souviens Bruno ? Carol ? Tu te souviens ? »

J'ai reniflé le tissu rouge, j'en aurais pleuré. Et puis, on a rigolé, c'est drôle ce n'était plus des rires d'enfants. Ils étaient chargés de quelque chose de nouveau.

« Mon salaud ! C'est demain le grand jour ! Et surtout tu n'oublies rien hein ? Je veux tout savoir. »

Il me parlait comme un père qui abandonne pour la première fois son fils en colo.

« Tu sais quoi ? Quand tu l'auras fait, on brûlera ce foutu sous-pull rouge. La belle vie est devant hein pas vrai ? »

Mais est-ce qu'il fallait se préparer à l'amour ? S'entraîner ? Hey, mais je savais rien du tout moi ! Et personne alentour dans ma bande de perdus pour m'expliquer quoi que ce soit. Est-ce que tout allait se passer naturellement ? Nous serions nus et il y aurait des caresses, et j'imaginais qu'on s'embrasserait un peu d'abord. Embrasser, je tenais le truc, grâce à mon apprentissage avec Sylvia. J'aurais pu faire les jeux Olympiques du roulage de pelle. Peut-être devais-je tout simplement me laisser guider, c'était l'autre qui savait après tout, Patti Smith prendrait l'initiative. Sûr qu'elle avait dû faire ça quelques fois avant moi, alors ça voulait dire qu'elle pourrait comparer. Elle allait sûrement me trouver bien médiocre. D'accord, j'avais la même qu'Alec, mais est-ce que c'était la taille requise ? Suffisante ? Idéale ? On dit que les filles s'en fichent de tout ça, pas si sûr.

N'empêche l'autre jour, on a regardé les photos de ce magazine après la répétition. Fernand l'avait piqué dans une pile chez Sauveur le photographe. Celui des photos d'identité au village avec ses deux loupes sur les yeux. Les photos de Sauveur, c'était quelque chose. Han ! Et ces types des magazines avaient de ces engins ! Énormes. Mais pas beaux. Le mien, il était beau. En plus ma peau d'ange, sûr que ça allait surprendre Patti. Je pensais qu'il fallait pas que je sois trop pressé. Si je suçais tout doucement et surtout longtemps le lobe de son oreille, la moitié du boulot serait fait. Et après ? Après, merde ! On verrait. Et si j'y allais pas ? Et si je ne me rendais pas au rendez-vous ? J'avais le temps après tout, j'avais juste seize ans, même pas… dans quelques heures. Y en a même qui le font jamais. Ils rentrent dans les ordres, finissent par s'infiltrer dans les murs comme s'il s'agissait de devenir une émanation, de disparaître sous les renoncements. D'ailleurs, ils n'ont pas à se poser toutes ces questions. Ils les évitent les questions.

Je pourrais peut-être demander des conseils à Aldo ? Non, je pourrais pas. J'ai attendu que tout le monde s'endorme, et j'ai foncé dans la discothèque de papa. J'avais remarqué ce 45 tours dont tous les copains parlaient presque en cachette, une chanson brûlante de ce chanteur Gainsbourg, qui chante avec une fille, peut-être sa femme. Au milieu des disques de Léo Ferré, de Paco Ibanez, de Brassens, et puis des Frères Jacques, j'ai enfin trouvé.

Maman c'était Gilbert Bécaud. Le chanteur préféré de ma maman était Gilbert Bécaud. J'ai glissé le disque sous mon pull jusqu'à la chambre, on parlait de cette chanson dite érotique comme quelque chose de scandaleux, de sulfureux. J'allais enfin savoir.

J'ai posé la galette sur la platine, je ne demandais qu'une chose, que ce type avec les oreilles décollées sur la pochette m'apprenne quelque chose. En tout cas, qu'il me mette sur la voie, mon sauvage. J'ai baissé, baissé le son presque au minimum et même complètement en sourdine, fallait pas réveiller les autres. Ce couple qui faisait l'amour. Je me suis mis tout nu sur mon lit et j'ai fixé le plafond. Alors les images sont apparues, d'abord un peu floues, et puis si nettes. J'ai fermé les yeux, la musique s'enroulait autour des gémissements de la fille, et ça grimpait et ça grimpait, et tout finirait par exploser, c'était sûr si bon. Que ça ne s'arrête jamais, pitié ! Mon ventre brûlait, il se déchirait en milliers de confettis incandescents. Un plaisir inconnu m'attendait là-bas, tout au bout de la chanson, il me tendait les bras, il visait, et j'avais peur. La fille venait tout juste de supplier son homme de venir : « Non, maintenant, viens ! » et l'autre qui se retenait. Il savait y faire. Et puis « Aahh… Hum…

Ahhh… » puis « Crr… Crrr… Aahh… Crr… » Le disque s'est mis à craquer, salement craquer, l'aiguille a dérapé sur le vinyle et puis est revenue comme un patineur débutant et désespéré qui voudrait se tenir à la rambarde. J'ai ouvert d'un coup les yeux effrayés, la voix de la fille s'était muée en voix de petite vieille qui toussotait et raclait le fond de sa morve. Un cauchemar. C'est quand j'ai entendu tambouriner sur le mur depuis la chambre de Gina que je me suis aperçu que le son de ma stéréo était presque à fond.

Sylvia a tendu la rose rouge à Alec. Alec a tendu la rose rouge à Patricia. Patricia m'a tendu la rose rouge.

D'après les uns les autres, d'après ma grande sœur j'avais seize ans depuis 3 h 30 ce matin.

15 heures. Le clocher, celui des mariages et des enterrements, s'est mis à sonner comme s'il voulait crier nos adieux : « Non, non, ne pars pas, reste encore ! Prends ton vélo et va sur les routes petit Bruno. »

J'ai pris la main de Patti Smith, sans mot nous avons grimpé les marches lentement. Je regardais là-haut, là-haut me regardait. La maison me regardait. Comme un mariage où deux seuls témoins nous observaient pour qu'on ne s'enfuie plus, pour dire : « J'y étais. J'ai assisté aux derniers pas de l'enfance de Bruno. J'ai vu les dernières larmes de ses quinze ans. » Depuis tout en haut de l'escalier, j'ai entendu Alec dans mon dos : « Bon anniversaire mon Bruno ! »

Alors. Alors Patricia a carrément rigolé, alors j'ai vu ses dents si blanches comme sa chemise et ses seins de vraie femme. Ses seins à peine voilés qui bougeaient. J'ai vu son maquillage, sa peinture de guerre qui rebellait ses yeux. J'ai vu son jean déchiré juste ce qu'il fallait d'air entre les cuisses. J'ai reconnu *Horses*, cet album, je l'avais tellement de fois volé dans la chambre de mon frère. Avant d'enjamber le premier le portail vert fermé, j'ai détourné la tête, j'avais besoin de croiser le regard de Sylvia, besoin de son oxygène, celui qui manquait si haut. De tout en bas, Sylvia butinait la scène, avec ses grands yeux tendres, offerts il y a si longtemps déjà près de cette rivière du bord étrange. Elle a soufflé le baiser qu'elle gardait dans ses doigts, je jure, il est venu se poser sur mes lèvres. J'ai pris la main de Patricia, elle a enjambé à son tour. Au bout du petit chemin de petits cailloux blancs, j'ai voulu dire les mots, ces mots, les mots des autres, ceux qui l'ont déjà fait, des mots qui ne servent à rien, juste ne pas tomber. Patricia a barré ma bouche de son doigt, comme ça. Alors j'ai vu maman.

« Pars, pars ! Et laisse-moi partir ! Tu peux le faire seul maintenant ! Tout est beau devant. Au revoir mon petit Bruno ! »

Alors j'ai rien dit. Je n'observais plus Bruno, j'étais enfin Bruno. J'ai calé la queue de ma rose entre les dents de Patti Smith et je l'ai embrassée à plein. Et elle m'a embrasé. Et ses yeux dans mes yeux comme un loup sous ma tente. Contre mon torse sa poitrine s'écrasait par son souffle, doucement, et si, jusqu'au bout. Alec m'avait pourtant bien prévenu : « Tu n'as qu'à tourner la clef, c'est là. La chambre, à gauche, juste là. » J'ai regardé Patricia, j'ai regardé la porte, j'ai regardé la clef. J'ai lancé mon coude et j'ai brisé la vitre dans un bruit de voleur. J'ai passé la main à l'intérieur et j'ai tourné la poignée. J'étais un homme.

Ce soir-là, quand je suis parti me réfugier chez moi, j'ai baissé mon pantalon. J'ai regardé ce truc qui pendait entre les jambes. J'avais l'impression de ne plus le reconnaître. C'est pas que je ne le reconnaissais plus, ce truc n'était plus à moi, sûr. J'avais un peu mal. Ou bien j'avais l'impression d'avoir mal. Cette impression que ça lançait un petit peu, une brûlure nouvelle. Et ce machin abîmé, laid, fripé. J'aurais voulu serrer mon doudou, mon petit ourson, même sans son œil. Je l'ai cherché partout sous le lit. Et puis ça m'est revenu. La vie. J'avais déjà tout balancé à la poubelle. J'en ai pleuré. J'avais seize ans et une vie devant, une vie d'homme, j'étais un homme.

Je ne voulais pas de tout ça. Je ne voulais pas être un homme. Qu'on me laisse tranquille, qu'on me place à la fin de l'histoire. J'avais encore toutes ces promesses d'enfant à accomplir. Et ces mots qui revenaient taper dans ma tête, ça résonnait. Et Patricia qui n'arrêtait pas de répéter : « Tu verras, la prochaine fois, ce sera mieux… La prochaine fois, la prochaine fois. » Mais je savais qu'il n'y aurait pas de prochaine fois, et puis j'aurais voulu qu'elle ne parle plus du tout. Qu'elle ne dise rien. Il fallait qu'elle en rajoute toujours une de plus : « La prochaine fois. » Ça me déconcentrait. Impraticable. Quand elle a embrassé Sylvia sur la bouche après tout ça, Sylvia nous avait attendus sur un muret en contrebas de la maison devant chez les Roussel, j'ai eu un haut-le-cœur. D'accord, Patti Smith me faisait un cadeau. Et moi peut-être ?

Je lui offrais mon trésor, ma virginité, mon cyclone. C'était pas rien. Dis-le toi que c'était pas rien. Quand elles se sont embrassées comme ça sur la bouche, et pas qu'un peu, avec la langue qui, ça m'a fait bizarre, ça m'a assassiné. Dire que j'avais même pas osé lui demander si je pouvais l'appeler Fabienne quand je me battais sur elle encore tout à l'heure. J'ai réalisé la croix que je devrais désormais porter toute cette longue vie d'homme. Le plus beau, la première, je n'avais pas pu le vivre, l'accomplir avec celle que j'aimais. Je n'avais pas pu sauter dans le vide avec l'amour de ma vie. Peut-être un jour aura-t-on l'air malin de se raconter comme ça au fond de notre lit d'amour avec Antoine entre nous deux, notre première fois, chacun de son côté. On va raconter quoi ? On se pardonnera ? Fera-t-on semblant de ne pas regretter ?

Je ne suis pas allé rejoindre les autres chez Jeanine. Je savais qu'ils m'attendaient tous. Seize ans. On devait fêter mes seize ans, ce moment leur appartenait autant qu'à moi. On aurait dû rigoler et se saouler et pointer du doigt ce fantôme qu'on appelle le futur et se moquer de lui. Lui cracher au visage notre jeunesse insolente. Seize ans. On pouvait tout brûler par les deux bouts, il en resterait encore. De toute manière, tout, absolument tout, nous fêtions tout, tout le temps. J'aurais dû être avec eux, ces gens que j'aimais plus que tout. Parfois je pensais à ça, avec tous ces êtres humains qui grouillent par milliards sur cette terre, il avait fallu que je déniche une grappe de cinglés à laquelle je tenais plus que ma vie.

Je ne dirai rien. Tenter d'expliquer c'est comme essayer d'attraper la mer avec un filet. T'es mon meilleur ami, alors je te préserve une chance d'être encore surpris.

« Salaud. » Alec souriait.

Il fumait sur le balcon. Alors j'ai fumé avec lui. À chaque bouffée je toussotais comme une vieille barque à moteur. Mon père n'entrerait plus dans ma chambre comme ça sans prévenir. Quelqu'un lui avait dit qu'Alec et moi, et même Fernand, on était peut-être des petits pédés. On lui avait dit que nous traînions toujours ensemble et que nous nous embrassions sur la bouche la nuit sur la place du village. On s'en fichait. Je suis sûr que papa aussi s'en fichait. Il voulait juste que je sois heureux. C'est tout.

« Alec, je vais partir.

— C'est pas comme ça qu'on fume ! Franchement t'es pas fait pour ça. Regarde : tu prends une bouffée, tu aspires jusqu'au fond du ventre, tu fermes les yeux, tu penses à Marlon Brando ou à qui tu veux, et tu deviens Marlon Brando. Tu ouvres les yeux, et là, seulement là, tu craches à la lune la fumée. Le faisceau magique, le train qui part vers l'ouest et qui ne reviendra plus. »

Il arrivait à raconter tout ça en gardant la fumée jusqu'au bout, sans tousser.

« Je vais partir, pour toujours… Et…

— Je sais. »

Le silence qui a suivi a dit ce qu'il fallait. Alec a senti ses doigts.

« Je sais et je vais te dire quelque chose : si tu es mon meilleur ami, pars sans te retourner. Pars. Regarde où on est. Regarde-nous, dans ce trou paumé. Regarde chez toi, chez moi. Regarde-les tous vieillir et mourir au même endroit, là où ils sont nés, tous. »

Alec a repris une gorgée de sa cigarette et a fixé la lune. Celle que j'avais capturée un jour pour mon amour Fabienne. Et que j'avais brisé, là, quelque part dans une impasse au fond d'une poubelle. Je regardais Marlon Brando.

« Tu sais pourquoi on est heureux ? Parce qu'on sait fabriquer des rêves, toi, moi, le groupe, les filles… Un jour on sera plus des mômes mon Bruno. Un jour on regardera des enfants et on pleurera en les regardant. On pleurera de ne plus pouvoir faire fonctionner cette foutue machine à rêves. Un jour on s'apercevra que notre machine est complètement claquée. Alors oui, on aura peut-être nous-mêmes des enfants, et on sera fiers d'eux et tout, et peut-être même un peu soulagés de les voir croire en quelque chose. C'est pas toi qui dis : "On meurt demain…" ? Patti Smith elle dit : "Cavale, cavale…", tu t'en souviens ? »

On s'est embrassés pour rien d'autre que se dire qu'on s'aimait plus que tous les bouts de vie qui s'éparpillaient autour, je me suis agenouillé devant la pile de disques, mes trésors, ma vie, calés contre mon petit bureau. Un à un je les ai regardés défiler au bout de mes doigts. J'ai choisi les plus hauts, les plus grands, les plus inoubliables, ceux qui avaient déjà tendu leurs filets sur nos petits cœurs. J'ai vu les seize premières années de ma vie passer là devant. Passer si vite. *The Great Rock'n'Roll Swindle*. J'ai laissé les disques à mon Alec, mon frère, mon sang.

« Tiens, je n'en ai plus besoin, ils sont à toi. »

Alors Alec a sorti ce petit carnet du fond de sa veste, et il me l'a tendu à son tour. Un carnet vert avec écrit en rouge dessus : « Lorsque tu me liras Antoine. »

On a fait les échanges sans mot, et puis on a encore fumé de la lune. Deux chefs indiens suçant leur calumet de la paix. Alec a visé la lune à nouveau.

« Je l'ai piqué dans son cartable. Je l'ai lu. Il m'était pas destiné. Putain, les filles quand même ! »

Cavale ça veut dire s'échapper.

J'ai ouvert le journal intime au hasard, vers la fin.

« Lycée, vendredi 13, pas cours exceptionnellement, mais prévenue la veille. Décision collective de se retrouver chez Urbain, avec Vincent Bobo, Florence, Jean-Philippe, et quelques autres. Urbain a une piscine. Tout a été organisé. Retour au lycée l'aprèm, cours. Ce jour-là, tu m'as dit à la récré que toi aussi tu étais libre à 11 heures, exceptionnellement aussi. La vie est une histoire de hasard. Tu n'avais rien à faire, tes amis étaient en classe, tu étais seul, tu étais beau. J'ai dit à Florence que je n'allais plus à la piscine, je voulais rester avec toi, je voulais t'embrasser, je les laissais tomber les autres, comme ça sans état d'âme.

« Florence n'a pas apprécié, elle se retrouvait seule fille, elle ne voulait pas. Jalousie ? Elle m'a posé un ultimatum : c'était elle ou toi. J'ai choisi elle. Par loyauté. Elle m'a convaincue. 11 heures, avant de les rejoindre je suis passée au gymnase et c'est ce jour, à ce moment, que ton image s'est inscrite en moi. Assis, les genoux repliés contre le mur, tes baskets aux pieds, beau comme un dieu fragile. Je voulais te prendre les mains, je ressens encore aujourd'hui mon cœur tout chaud s'accélérer. Je dois te dire que je t'aime, ce doit être, et tu dois m'entendre. On doit se comprendre, c'est trop fort, trop dévastateur, tellement pur. Je ne sais si j'aurai le temps, vais-je oser t'embrasser ? Je te désire plus que tout. Je n'en fais rien. Je te demande seulement si tu ne vas pas t'ennuyer, ça sonne si creux. Tu me réponds que non, je pars rejoindre les autres qui m'attendent, j'ai mal. J'ai tout loupé. Pardon Bruno, je t'ai abandonné, je t'ai perdu. »

C'est pas que j'avais peur, c'est que c'était écrit d'avance. On courait au massacre.

La journée s'annonçait pourtant, le lycée Charles-Renouvier avec ses plus beaux habits de fête. Dans la cour, des élèves de classe de dessin qui avaient peint de grands rouleaux de papier, des couleurs très vives, des tournesols géants jaunes qui auraient pu prendre la route, j'adore les tournesols. Et puis un bleu et la mer tout au fond du voyage. Ils avaient accroché ce paysage accueillant sur les murs si gris du lycée. Y avait comme du piment. Même mon arbre tout seul au fond de la cour semblait sourire. Les guirlandes avec des motifs chinois au bout de ses branches lui offraient une allure de roi. Le roi de la cour. Sans blague, mon arbre faisait cent ans de moins. C'était quand même autre chose que mon mouton qui pendouillait sa vie.

Les élèves couraient, riaient, célébraient joyeusement ce jour merveilleux, après ça plus d'école, après ça, l'horizon infini des grandes vacances, les promesses d'amour, le ventre jubilatoire qui explose, la jeunesse qui éclabousse l'insouciance.

Le grand Bazzanella se tenait debout face au DJ. Ce môme passait des disques juste à l'entrée du réfectoire. Il faisait de son mieux pour animer l'après-midi qui prenait furieusement des allures de kermesse. Un gamin de la classe d'Alec qui s'appliquait à enchaîner les tubes du moment. L'autre, le Bazzanella, le pointait du doigt, agressif. Droit et menaçant, à un pas des platines. À un moment, il a même attrapé le gosse par le col de sa chemise comme s'il allait lui empoigner la fève. L'autre terrorisé n'a pas pu faire autrement que passer *Les Lacs du Connemara.* Michel Sardou. Pitié. Une bronca et des sifflets noirs ont accueilli la chanson. Bazzanella s'en foutait, il tapait les mains comme un débile devant une poupée suave qui lui sucerait les empreintes, il exultait, il jubilait et reprenait en hurlant tellement faux les mots du vieux chanteur. « Terre brûlée… » Ces mots qui bavaient sur mon pays, mon Irlande. Ce type se prenait le droit de chanter mon Irlande.

Comme pour me protéger, je me suis replié derrière mon arbre. Les autres m'ont rejoint. Chacun des mots du chanteur était une insulte à mon rêve, mon Irlande. Ce type crachait sur U2, et ses putains de flèches me transperçaient le cœur, notre cœur. J'ai regardé les autres et tout a basculé. À ce moment précis on savait. C'était plus qu'un concert qu'on devait donner ce soir, dans le réfectoire du lycée. On devait mener une mission pour que nous survive l'insouciance. Notre message ? On va tout retourner bandes de graisseux ! Avant que vous n'avaliez votre langue, on va vous attraper par les cheveux et vous allez voir vous aussi derrière cette foutue montagne le chemin tracé par le berger Joe Strummer. Le futur pur, sans concession, sans mensonge, sans toute votre merde.

À la fin de la chanson, Bazzanella a pris le jeune DJ par l'oreille et l'a obligé à rejouer le titre. C'en était trop. C'est Fernand qui a réagi le premier. Il rigolait plus du tout Fernand. Il s'est approché calmement, a arraché le vinyle de la platine, il a levé son bras pour prendre le ciel à témoin, et l'a pété en deux. Un geste magnifique. Le geste du karatéka qui pète une brique. Fernand ! Et nous ? Nous on a encerclé calmement, froidement le Bazzanella et ses boutons, en gang, en vrai groupe. Alors le grand débile a lâché l'oreille du petit :

« Les Lutins Verts ! Pfff ! Bande de petits pédés ! »

On l'a regardé partir tête basse, penaud. Vaincu. Le petit DJ rigolait, on rigolait tous. On s'est tapé dans les mains, la mission démarrait en incendie. Applaudissements, doigts tendus et sifflets.

Au loin, j'ai aperçu Sylvia et Patricia à l'écart de tout et de tous comme toujours. Mes deux maîtresses se tenaient par la main, sans se soucier de rien, sinon de vivre. J'ai souri et Patti Smith m'a tendu son pouce vers le haut. C'était la fin de l'après-midi et quelque chose déconnait. Un truc était en train de se passer. Ça dérapait, voilà tout. Doucement, ça dérapait dans l'univers. Et ça me plaisait. Mme Bataille, la prof d'espagnol venue nous rejoindre. Et puis l'affolante Mme Régnier, la prof de maths, que j'avais serrée dans tous ces rêves interdits. Quand elle s'est approchée de moi, j'ai fixé sa poitrine, sans gêne. Elle me parlait, et moi je fixais sa poitrine pour qu'elle éclate. Ça dérapait vraiment. J'ai senti à ce moment précis qu'avec ma meute, mes amis, mon groupe, nous étions prêts à bouleverser l'ordre du monde. L'heure de franchir la limite au-delà de laquelle le ticket deviendrait carrément plus valable.

« Alors les enfants, vous êtes prêts ? C'est le grand jour ? Et c'est toi qui vas chanter Bruno ? C'est merveilleux, je suis fière de toi. » Mme Régnier souriait avec ses seins. Là j'ai baissé les yeux. Du coin de l'œil j'observais Fernand, Alec, Nico, eux aussi fixaient leurs chaussures. Notre sourire ? Celui de mômes lancés vers leur inévitable destin, un sourire qui disait peut-être : « On ne va pas tout gâcher tout de suite. »

Déjà le matin, quand on avait installé le matériel au milieu du réfectoire, quand Alec avait commencé à taper pour régler un peu le son, il peut pas le faire à moitié, on sentait le malaise. Le cuisinier, le vieux cuisinier qui avait tout vu dans sa vie, eh bien, il avait jamais vu ça. L'électricité dans l'air annonçait comme l'apocalypse des instincts. L'océan se retirait, il fallait fuir. C'est plus fort. Mme Bataille a saisi Fernand par le bras : « Tu sais comment ça se dit, les lutins verts, en espagnol ? »

Le DJ était notre nouveau copain. On aurait pu lui demander n'importe quoi. Il annonçait les festivités. Il chauffait le public, et surtout il passait les chansons qu'on désirait nous, les quatre gars de Vernet. Notre boum privée. Quand il a passé Bruce, je me suis isolé à nouveau derrière mon arbre et j'ai fixé le ciel. Bruce Springsteen chantait *Born to Run* dans la cour de mon lycée. J'ai pleuré. L'heure avait mordu la lumière. J'ai pensé à papa, à sa nouvelle femme, et au bébé, mon petit frère à venir. Aldo, Gina, Sandra, j'ai pensé à tous les mômes de mon village, à mes entraîneurs de rugby, au groupe, à Alec, à tous les gens que je m'apprêtais à quitter pour toujours, tous ceux qui m'avaient tout donné depuis toujours, les trahir. Fabienne, Fabienne, Fabienne. Nico, j'ai détesté quand tu as voulu nous quitter pour un autre groupe, c'était maintenant moi qui vous lâchais.

J'ai senti une main sur mon épaule. Si c'était Joe Strummer, je me sentais pas capable de le regarder dans les yeux. Il aurait jamais laissé tomber son groupe, Joe. Joe a cru en moi, et j'étais pas à la hauteur. Alec m'a tendu une enveloppe.

« Tiens, prends ça. J'ai pioché dans le coffre-fort de mon père, tu en auras plus besoin que lui. »

J'ai regardé l'enveloppe et j'ai chialé. Vraiment chialé. À cet instant, j'aurais voulu rester toute la vie dans les bras de mon meilleur ami.

« Mon Bruno, tu as peur ? J'espère que tu as peur, ça sert à rien la vie si on a pas peur. »

Quand Bazzanella est passé devant nous, il a pas pu s'en empêcher : « Petits pédés ! »

La kermesse transpirait sur l'après-midi. La musique, notre musique, les chansons qui avaient sculpté mon enfance, qui m'avaient simplement aidé à vivre jusque-là, coulaient telle une rivière de diamants purs depuis les gros baffles installés aux quatre coins de la cour de récréation. Ce n'était plus le lycée Charles-Renouvier de Prades, mais un énorme carré de joie où des centaines d'enfants hurlaient leur désir de vie et d'été. La sève grimpait chez tous ces mômes, qui semblaient lâcher toute prise à ce moment-là, se reniflaient dans tous les coins. Les couples, les amoureux, qui d'habitude allaient se cacher derrière le gymnase pour s'embrasser, ne se gênaient plus pour s'enlacer et se prendre la bouche à pleine vie, à la vue de tous. J'ai failli dire le mot « orgie ». Les autres se sont marrés en me pointant, quand Dire Straits est passé dans la sono. Alec a fait passer sur un bout de papier le vrai nom de notre groupe au DJ euphorique qui lançait ses punchlines avec une fierté non dissimulée. Chacune de ses annonces au micro était accueillie par un tonnerre.

« Et merci à notre professeur d'anglais adoré, M. Le Noan, pour toutes ces punitions magnifiques tout au long de l'année, uniquement destinées à nous garder, nous, petits cons d'élèves, sur le droit chemin. »

Il prenait de plus en plus confiance en lui. Le public adorait. Il hurlait, le public en redemandait. Avec un geste de mains qui tassent le vide, un surveillant a tenté de le calmer un peu.

« Cette chanson est pour vous, monsieur Le Noan, les Ramones ! *Rock'n'Roll High School* ! Et puis tout à l'heure, ici même, dans le réfectoire, concert exceptionnel avec… »

Il lisait le papier maintenant.

« Pénétration… »

Gros ploc du micro suivi d'un larsen strident et puis d'une voix plus posée, presque timide.

« Anale… »

La foule de mômes surchauffée à blanc a hurlé comme un seul fou, les bras levés au paradis mixant de la fièvre. Le bruit de l'ultime assaut hors des tranchées. Nous y étions. Notre moment de gloire.

Je n'ai pas su en profiter. Déjà, des élèves que je connaissais à peine venaient me taper sur l'épaule. Oui, je crois que je souriais. Mais je suis sûr, je ne sentais plus mes jambes, plus en dessous, rien. Un effroyable sentiment de terreur m'a jeté par terre. J'ai vu les autres juste là, à côté, heureux autour d'Alec qui dictait les dernières directives pour mener à bien la mission. J'ai souri. Alec, à son bras la belle Rachel. Jagger et Marilyn. Ça en jetait. Le plan de mon meilleur ami fonctionnait.

Nous sortions maintenant comme il l'avait prévu du cheval. L'heure était venue d'enflammer. Comme au ralenti, juste derrière Florence, j'ai cru apercevoir Fabienne au loin qui ne me regardait plus. J'ai pensé au mot « mort ». J'ai pensé au plus rien, au mot « néant », juste après la mort. J'ai pensé à toutes ces choses de la vie si importantes il paraît, et qui n'existeraient plus juste après. J'ai pensé à mon papa comme un vertige d'innocence qui raflerait la mise. J'ai vu mon corps s'enfoncer dans le sable mouvant dégueulasse. Et ma main tendue vers d'autres doigts, et la lumière au-dessus qui s'évanouissait. Je ne verrais plus jamais mon père. J'ai marché jusqu'à mon arbre lentement.

Autour ?

Plus rien autour.

Toute cette vie qui hurlait sans voix.

J'ai dit mon père ?

Maman.

Toutes ces années à me persuader que j'allais te retrouver après. J'étais sûr à cet instant de ne plus jamais te revoir toi non plus. Je me suis appuyé contre mon fidèle, le front brûlant contre cette écorce qui me connaissait si bien. Alors j'ai vomi. Mme Rajoy s'est approchée. Elle a sorti le mouchoir plié de sa poche et me l'a tendu. J'ai compris à cet instant que je ne savais plus rien. Alors, j'ai souri plus encore. Alors, j'ai regardé ce petit bout de femme et sans lâcher mon sourire, j'ai craché devant ses pieds un bout de mauvais goût resté coincé tout au fond de ma gorge.

« C'est mon arbre ! »

Elle aussi je ne la reverrai plus.

« À vous les Anales ! »

Ce furent les derniers mots du DJ ce jour-là. Le signal. Le délire et la foule se sont précipités vers l'intérieur du réfectoire. Ça courait en tous sens. Une foule hystérique qui ne voulait rien rater et assister au premier concert de ce groupe déjà légendaire. La dernière vision ? Le proviseur et la directrice les bras perdus au ciel, qui tentaient avec deux surveillants complètement dépassés de soutenir les portes vitrées de la cantine prêtes à exploser comme un bouchon de champagne un soir de dépucelage. Et puis, ces deux mômes, un qui faisait le guet, l'autre qui s'appliquait à tagger son message en énorme et en rouge sur le mur du gymnase : « Pénétr\Ⓐtion ⒶnⒶle… ».

La guerre était déclarée.

Le surveillant nous a accompagnés derrière le bâtiment, l'entrée des artistes pour rejoindre la scène, il avait peur. Vraiment peur. Sans le savoir, c'est lui qui m'a donné le courage de gravir les marches de l'escalier derrière la cantine. Ce type avait peur de nous. Il avait peur car nous étions un groupe, et il se dégageait quelque chose d'animal et de menaçant, ces quatre mômes prêts à défigurer le monde, le défier. J'ai souri à Alec. Alec m'a souri. Nous étions le clash. Juste avant de monter sur scène, on s'est tous pris dans les bras une dernière fois, une mêlée de tendresse.

« Deux minutes les gars… »

Alec a balancé au loin ses baguettes neuves et a couru jusqu'à l'arbre, a arraché une branche de mon vieux pote qui semblait d'accord, et l'a brisée en deux au bout de son genou. À l'intérieur, plus rien ne retenait plus personne.

Un, deux, trois, quatre.

« J'encule Charles Renouvier,
J'encule le crotale du lycée,
Vous êtes tous des enculés…
Ohé ohé ohé ! »

Il paraît que ça fait ça quand on meurt pas debout : j'ai vu défiler tous ces visages pour la dernière fois, mes professeurs, mes camarades de classe, Sylvia, Patricia, Bazzanella qui tendait bien haut son majeur hilare, tandis que je hurlais les mots brûlants, brûlés entre mes cordes vocales, entre les cordes de Joe qui deviendraient spasmes, du fond du feu de l'air. Ces mots qui changeraient. Ces mots qui tout bousculeraient, toutes nos vies, je ne chantais plus je volais, je me dépliais de liberté, sur le monde, mon monde.

À cet instant, je le jure, j'étais Dieu. Et, mon Dieu, j'aimais ça être Dieu ! À cet instant, je le jure, ma vie a pris un autre sens, un tout autre sens, je la tenais entre mes doigts, et j'étais prêt à la catapulter aussi loin que possible. Un délicieux vacarme. Un mur du son tellement pourri, tellement laid, que tout devenait extraordinaire et fascinant.

Si l'enfer avait un passage, l'entrée devait être quelque part par là. Alors j'ai pensé à ça. On meurt demain et j'aimais ça, l'idée de mourir demain, de profiter de l'ultime instant. J'ai regardé Fernand, juste à ma droite, il tabassait sa basse, une corde en fermant les yeux. Il savourait lui aussi. Nico, à ma gauche, fier. Seul capable de maintenir debout les murs de notre fragile édifice. Il moulinait avec son bras sur le manche de sa guitare en fixant le Très-Haut Pete Townshend.

Et puis Alec derrière le divin tracteur, il poussait, poussait, il nous poussait vers l'avant, vers le futur, vers la folie de cet instant, les deux bouts de branche qu'il massacrait sans retenue sur les peaux de sa batterie qui éclaboussaient des copeaux de bois. Les étincelles de la dernière nuit.

La bagarre a éclaté devant moi. Un peu sur la gauche du pied de mon micro. J'attaquais le début du troisième couplet, celui où je disais la même chose que les deux précédents. Les mômes sautaient dans tous les sens en se jetant les uns sur les autres, un pogo merveilleux, un bordel furieux. Un type, un terminale, a voulu franchir la barrière de chaises qui délimitaient la scène. Il a pris son élan, et c'est Bazzanella lui-même qui lui a barré la route. « Tu touches pas aux petits pédés ! »

Alors c'est parti. Les grands, les plus jeunes, les surveillants, les filles. Tous se tapaient dessus maintenant, à mes pieds. Les coups en torrents déchaînés. Un gars a bondi sur scène et m'a piqué le micro. Il sautait maintenant à côté de moi, un kangourou hystérique. Il hurlait : « Enculés ! Enculés ! Enculés ! » Et les baffles qui répétaient : « Enculés ! Enculés ! Enculés ! » Au moment où j'ai voulu tout stopper, au moment où j'ai fait signe aux autres d'arrêter le morceau, Alec nous a intimé d'un seul regard fou de continuer jusqu'au bout. C'était le capitaine. Mourir, mais mourir le torse bombé.

Alec avait les yeux fous, verts, rouges, j'ai vu le diable. À travers la horde qui se massacrait devant la scène, j'ai reconnu le bras du proviseur qui s'immisçait pour empoigner le manche de la basse de Fernand. J'ai vu ses lunettes tournoyer avec le ciel au-dessus de la mêlée, et l'autre qui continuait à maltraiter sa corde immortelle. Un moussaillon qui jamais ne trahirait les ordres. Une, puis deux, puis trois chaises sont venues s'écraser sur la batterie d'Alec, dans un bruit effroyable. Rien n'y a fait. Le moteur du tracteur continuait sans faillir. Par surprise, par-derrière, la directrice a arraché une des baguettes branches des mains d'Alec. Le tracteur a vacillé, le tracteur a zigzagué, mais le tracteur a tracé.

Tout en continuant de frapper avec sa main droite, Alec le Grand a tendu le majeur de sa main gauche à la face de la directrice, à la face de l'autorité. La pauvre dame s'est enfuie, épouvantée, les bras sur la tête.

Mourir, mais mourir le torse bombé.

Alors j'ai écarté les bras pour embrasser le monde. Je n'étais plus Joe, j'étais le Christ. Mon tee-shirt des Clash, mon préféré, complètement déchiré, pendait sur mon torse tendu vers le futur. Alors j'ai ri à plein cœur, j'ai ri de toutes mes forces, de tout mon ventre, j'ai ri de toute mon âme.

« Frappez-moi ! Faites-moi du mal ! Arrachez-moi les yeux ! Fabienne je t'aime ! »

Comme dans un western, dans les bagarres de saloon, j'ai vu ce type monter sur une table tout au fond de la salle qui rougissait ardente et sauter les bras en croix sur les autres cow-boys qui l'attendaient en bas. Et puis ces cris ! Ces cris de hyènes blessées, ces cris innommables de doigts tendus ! Alors la salle s'est vidée d'un coup, comme l'évier qu'on débouche et l'eau qui s'enfuit en tourbillonnant, une odeur épouvantable, inimaginable, insupportable. Une odeur qui piquait la gorge et brûlait les yeux vers la mort. Une boule putassière, une boule de feu puante. En quelques secondes seulement, il ne restait plus personne dans le royaume dévasté. À mes pieds, un champ de ruines qui s'étendait, désolé jusqu'à la cuisine. Seul ce môme toujours allongé par terre qui gueulait et riait en même temps : « Je veux pas mourir ! »

Ce jour-là, Pénétration Anale a donné son premier et dernier concert. Il n'a joué qu'une seule chanson. Elle n'est jamais arrivée au bout.

Dehors, devant la cantine et dans toute la cour du lycée, tout n'était plus que désolation. Au loin, comme du fond d'un abîme, quelques cris d'élèves égarés traqués par des surveillants désespérés. Le bruit de cette horde qui hurlait à la mort dans les couloirs vides du lycée sonnait comme un éclat de rire du diable. L'ambiance de kermesse de l'après-midi s'était maintenant définitivement évaporée. La joie, la ferveur, l'euphorie, laissaient place au spectacle apocalyptique d'un chaos indescriptible. L'amertume d'un lendemain de fête qui promettait la gueule de bois sous le venin de la débâcle. Le sable dans la bouche.

Ils nous attendaient. En bas de l'escalier de la cantine, derrière la scène. Le proviseur et la directrice. Le tic nerveux des yeux de la dame m'a presque fait de la peine. Ses paupières battaient vite et irrégulièrement comme les ailes prises dans un filet. Nous nous tenions tous les quatre dans la pénombre, en haut des marches. Un poster des Clash. Lui souriait. Le proviseur avait le sourire du désespéré joueur qui vient de tout perdre au petit matin à sa table. Et qui regarde dans le vide au bout. Le canon d'un revolver dans la bouche et le goulag pour tous. La directrice a pointé son doigt sur Alec. Ce sont les leaders qu'il faut descendre les premiers. C'est le proviseur qui a parlé.

« Vous êtes tous renvoyés ! »

C'est la dernière fois que j'ai entendu le rire de Fernand. J'ai marché droit devant dans la nuit chaude. J'ai poussé la grille de l'entrée du lycée. Par la lumière de la lune, j'ai aperçu ces mots en rouge, fraîchement peints, sous le nom de ce pauvre Charles Renouvier.

« Ici a joué Pénétration Anale. Et j'y étais. »

Je me suis retourné une dernière fois, tout en haut de la côte, celle qui menait au réfectoire, j'ai distingué une ombre. Alec. Au bout de son bras, le tissu rouge qui brûlait. Alors, j'ai tendu la main vers le feu et j'ai esquissé un dernier signe vers la torche qui se balançait comme une lanterne de marin égaré dans le brouillard. Sans plus me retourner, je ne me retournerai plus jamais, j'ai tendu le bras dans la nuit étoilée de l'autre côté de la route cette fois. La première voiture. Ça n'arrive jamais ça. Le type a ouvert la portière, on a rigolé. On s'est reconnus. C'était mon petit vieux.

« Alors le prof d'anglais qui a sauté cinq classes, que fais-tu encore au bord de la route à cette heure-ci ? Où va-t-on cette fois mon petit ? »

J'ai fouillé dans la poche arrière de mon jean et j'ai déplié le papier : « Louise, Dunstable, England. »

J'ai grimpé dans la voiture et j'ai pointé du doigt, droit devant, à travers le pare-brise et les phares qui cassaient la nuit.

Là-bas, on va là-bas, tout au bout, là-bas.

Remerciements

Comme pour *Seuls les enfants savent aimer*, j'ai écrit *Cavale* à la main, sur des cahiers sur la route.

Dans ces pages se trouvent quelques-uns des hommes et des femmes de ma vie. Je les aime.

Merci Caroline pour cette écoute et ce regard rassurant si proche si amoureux.

Merci Ariane Molkhou d'avoir éclairé ce texte comme le premier, avec passion.

Merci à la famille du cherche midi, à Catherine Troller qui m'a montré le chemin, à Philippe Héraclès, Benoit André, Valérie Borgese, Sylvie Cann, Nathalie Caume, Cristina Chiarasini, Mickaël Cunha, Hélène Emeret, Anne-France Hubau, Marie-Flore Limal, Sabine Mille, Cécile Rauby, Cécile Rémy, Delphine Roché, Joanie Soulié, Brigitte Trichet.

Merci à Bruno Buzan, un des tout premiers lecteurs, pour sa confiance et ses encouragements, Olivier Poubelle, pour ses conseils et sa fidélité, André Bonet et Jean-Maurice Belayche pour leur soutien si précieux.

Merci à tous les lecteurs croisés sur cette route nouvelle, vos sourires, vos témoignages d'amour, ça vaut le coup de vivre.

La photocomposition de cet ouvrage
a été réalisée par
GRAPHIC HAINAUT
30, rue Pierre Mathieu
59410 Anzin

Imprimé en Espagne par:
BLACK PRINT
en février 2020

S29967/01